KB089237

여자를 위한 수염은 없다

There is no beard for women

정진영

*이 책은 친환경 재생지로 제작됐습니다.

There is no beard
for women

여자를 위한 수염은 없다

정진영

Preview

진영이는 나의 네번째 직장에서 만난 후배다. 늘 밝고 씩씩한데다 열정적이면서도 내밀한 취재로 언제나 믿고 찾는 연예기자다. 그런 진영이가 책을 썼다니, 반가운 마음에 펼쳤다가 단숨에 읽어내렸다. 31년 여자로 살며 느끼고 절감했던 세상의 편견, 부조리 등을 담담하게 담아냈다. 그녀의 솔직한 고백과 용기에 박수를 보낸다.

앳스타일 김소라 편집장

나는 남자지만, 예고부터 미대, 패션계와 요가 업계를 살아오며 지인이 여자 98%로 이루어진 환경에서 자라고 살았다. 엄마, 누나와도 매우 가까우니 나는 다른 남자들과는 달리 여자들을 정말 잘 안다.

이 책을 읽는 내내 주변의 여성들이 하나 둘 떠올랐다.
〈노브라 노〉에서는 지인 P가, 〈택시 납치 사건〉에서는 친구 G가, 〈잠재적 클럽 죽순이〉에서는 H, 〈뒤태가 마음에 들어〉에서는 Y… 하나도 빠짐없이 내 주변에 있는 모든 여자들이 무수히 겪은 이야기들이었다. 언젠가는 나에게 이야기했을, 어쩌면 내가 가벼이 상상만 해보았던 이야기들.

작가의 울분이 담긴 고성 같은 이 책에 내 주변 여성들의 피고름과, 눈물과, 소리없이 잠들었을 밤들이 고스란하다.

나는 정말로 여자들을 잘 안다고 생각했다, 이 책을 읽기 전까지.

구조적인 레벨의 차별과 혐오가 일상을 어떻게 숭덩숭덩 떼어가는 지, 그 아픈 이야기들을 세상에 전시하기 위해 복기했을 작가에게 나는 무한한 감사와 깊은 사과를 전해야한다.

모델 겸 유튜버 오원

나는 약자에 대해 공감하는 감각이 떨어질 때 '꼰대'가 된다고 생각한다. 그런데 이 감각은 생활양식이 조금만 달라져도 무뎌지고 만다. "그 분은 그럴 사람이 아니야"라고 단언할 수 있는 인간은 없다. 그래서 나는 자신을 믿지 않고 경계하는 것이 '꼰대가 되지 않기' 위해 중요한 덕목이라고 생각한다.
〈여자를 위한 수염은 없다〉는 자칫 둔탁해질 수 있는 나의 감각을 살아있게 할 일종의 교보재로 쓰이게 될 것 같다.

영화 'B급 며느리' 선호빈 감독

Prolog

프롤로그

지금의 남편을 처음 만나던 날, 식당에서 그에게 물은 첫 마디는 이거였다.

"나 강간하러 나온 거 아니지?"

어이없다는 듯 웃음을 터뜨리는 그를 보며 다시 한번 확인사살을 했다.

"네가 하고자 하면 난 당할 수밖에 없을 테니까 혹시 그럴 생각이라면 미리 말이라도 해줬으면 좋겠어."

남편을 처음 만났을 때가 2015년이니 벌써 4년여 전의 일이다. 그때만 해도 이렇게 젠더 문제가 사회 전반적으로 논의되지 않았기에 망정이지, 지금 어떤 남자를 처음 만나서 저런 이야기를 하면 "나를 왜 잠재적 범죄자(가해자) 취급을 하느냐"고 버럭 할지 모르겠다.

다행히 남편은 불쾌한 기색 없이 내 발언을 들어 넘겼고, 어쩌고 저쩌고 한 끝에 결혼까지 이르게 되었다. 후에 "그때 그 말이 기분 나쁘지 않았냐"고 물었는데, 남편의 답은 "농담이라고 생각했어"였다. "우린 온라인을 통해 만난 사이니까 불안했을 수도 있겠다고 생각해"라는 말이 덧붙여졌다.

현재와 미래의 선량한 시민을 잠재적 범죄자로 취급했다면 미안한 말이지만, 만약 지금 다시 그때로 돌아간다 해도 나는 똑같은 불안감을 느낄 것 같다.

이 같은 불안이 내게만 있는 건 아닌지 미국 CWTV의 '크레이지 엑스 걸프렌드' 같은 드라마를 보면 온라인으로 만난 섹스 상대에게 "당신이 연쇄 살인마가 아니길 바란다"고 노래하는 장면이 나온다. 넷플릭스 리얼리티 프로그램 '데이팅 라운드'에서도 여자가 소개팅하는 상대에게 비슷한 말을 하는 걸 볼 수 있다.

남자 친구가 남편이 되기까지 우리 사이에도 갈등은 있었다. 특히 우리가 만나 관계를 발전시켜온 시간은 국내에서 페미니즘 이슈가 급부상하고 성 갈등이 심화된 시간과 일치하기에 이런 류의 이슈들이 우리 사이에서도 종종 도마 위에 올랐다. 나는 에스컬레이터에 올라갈 때 뒤를 가리는 여자들을 보면 기분이 나쁘다는 남자 친구의 말에 핏대를 세웠고, 그는 "정수기 물통 갈 때 남자들이 달려와서 도와주는 게 짜증난다"는 내게 "선의를 왜 그런 식으로 받아들이느냐"고 했다.

그래, 요청하지도 않은 도움을 주는 사람들에게 느끼는 짜증이 어쩌면 피해의식일 수도 있다. 누군가의 눈엔 지나치게 예민하게 보일 수도, 어딘가 비뚤어진 사람으로 보일 수도 있다는 걸 인정한다. 나도 가끔은 그런 내가 싫어서 스스로를 혼내고 반성한 적도 있다. 하지만 아무리 내가 세상을 따뜻하고 편견 없이 바라보자고 다짐하고 또 해도 그 효력은 하루 이틀을 넘기기가 힘들었다.

한 때는 피해의식 있는 사람처럼 보이지 않기 위해 시선이 신경쓰이면서도 애써 신경쓰이지 않는 척했다. 대놓고 가리기보다 슬쩍 몸을 비틀거나 괜히 뒤를 보는 것처럼 연기한 적도 있다. 어떤 사실이 의심될 때도 직접적으로 물어보기 보다는 의심하지 않는 척 하며 은근슬쩍 속을 떠 보는 기지를 발휘하고자 했다.

그러다 문득 그런 생각이 들었다. 에스컬레이터에서 사진을 찍히는 게 겁나고, 명절에 만난 남자 형제들이 내 사진을 찍어 온라인 커뮤니티에서 '몸평'을 하는 게 아닌가 걱정되는 게 피해의식이라면, 대체 이런 피해의식은 왜 생겨났는가. 그리고 그것은 모두 온전히 나의 책임인가.

한국에서 여자로 태어나 31년을 살았다. 이 책은 그간 내가 살아오며 겪은 인상적인 사건들의 모음이다. 내가 가진 게 정말 피해의식인지, 아니면 일리 있는 의심인지는 읽는 사람 각자가 판단

할 일이다. 나 역시 책을 쓰며 스스로 그에 대한 답을 내렸다.

개인적 일에 대한 폭로나 단죄가 목적이 아닌 만큼 책에서 언급된 단체 및 사람의 이름은 모두 실명이 아니다. 억울한 사람이 손가락질 당하지 않게 하기 위해 최대한 누구인지 알 수 없도록 구체적인 내용이나 배경은 다소 다듬었음을 밝힌다.

목차

프롤로그

노브라 노

학교 다닐 때 내가 정말 싫어하는 남자 선생이 있었다.

처음에 싫었던 건 실실 쪼개는 것 같은 표정이었다. 어쩌다 눈이 마주치면 '비릿한 미소'라는 묘사가 아주 적절할 듯한 표정으로 날 되 쳐다봤다. 관상은 사이언스라는 말이 정말 맞는지 곧 그 남자는 자신이 얼마나 역겨운 인간인지를 마주칠 때마다 증명했다.

그는 말이 많았다. 특히 여자 이야기를 하는 걸 좋아했다. 쉬는 시간이나 식사 시간에 들어도 짜증 날 말들을 수업 시간에까지 쏟아냈다. 그는 부인이 있는 남자였다. 그럼에도 여학생들만 있는 교실에 와서 자신은 여복이 많은 사람이라느니 남학교에서 근무할 때는 애들 소지품 검사를 하면 포르노 사이트 적어놓은

수첩 같은 게 나와서 좋았는데 여학교는 그런 게 없어 아쉽다느니 하는 아무짝에도 쓸모 없고 불쾌하기까지 한 말들을 아무렇지 않게 내뱉었다. 결국 난 웬만하면 그의 말에 대꾸하지 않고 정색하게 됐고, 종국에는 그 사람이 담당하는 과목도 놔 버렸다.

너무 충격적이라 뇌리에서 조금도 잊히지 않는 일도 있다. 시험을 앞둔 어느 날 그는 우리에게 수업 대신 퀴즈 맞히기를 하자고 제안했다. 그가 퀴즈를 내면 학생들이 맞히는 형식이었다.

처음으로 그가 칠판에 쓴 글자는 한자 '계집 녀(女)'에서 가로획을 뺀 형태였다.

"이게 무슨 글자인 줄 아는 사람?"
그는 물었다.

그때까지만 해도 그런 한자가 실제 있는데 내가 모르는 줄 알았다. 속으로 계속 답을 생각했지만 떠오르지 않았다. '두 획짜리 단순한 글자인데 대체 왜 난 이걸 몰랐을까?' 생각했다. 시간이 지나도 답을 맞히는 아이들이 없자 그 선생은 "난센스 같은 것"이라며 힌트를 줬다. 그래도 손을 드는 아이들은 없었다. 그의 손이 칠판으로 움직였다.

이윽고 쓰인 글자는 '노브라 노.'

'계집 녀'에서 가로획이 하나 없으니 여자가 브래지어를 하지 않았다는 의미라고 했다.

기가 막혀 말도 나오지 않는 상황임에도 나는 용기를 쥐어짜내 휴대전화로 그 사진을 찍었다. 언젠가 학교를 떠나면 저 선생을 꼭 교육청에 고발하리라 결심하면서. 결국 고발은 하지 않았지만, 그 사진은 여전히 잘 보관하고 있다.

노브라 노에서 그쳤으면 좋았겠지만, 그의 만행은 계속해서 이어졌다. 다음 문제는 설왕설래의 뜻이 무엇이냐는 것이었다. 설왕설래의 본래 뜻은 말이 서로 오간다는 뜻이다. '말씀 설(說)'에 '갈 왕(往)', '올 래(來)'자를 쓴다. 물론 그 선생이 원하는 답은 아니었다.
제발 아무도 그의 이런 역겨운 게임에 참여하지 않기를 바랐는데, 허허실실하기로 유명한 친구 하나가 손을 들고 "키스!"라고 외쳤다. 자신이 원하는 답을 맞힌 학생에게 그 선생은 "왜 그렇게 생각했는지 구체적으로 설명해 보라"고 주문했다. 그 학생은 결국 혀('말씀 설'의 '설'을 '혀 설(舌)'자로 가정)가 서로 오가는 행위가 키스이기 때문이라는 설명까지 하고 말았다.

그 이후에도 그 선생의 행동거지에 대해서는 들리는 이야기가 많았다. 종종 여성들의 월경에 대해 이야기를 하던 그는, 아예 어떤 반에서는 자신의 교무실 책상에다가 늘 생리대를 구비해 놓고 있다고 하며 "팬티가 젖으면 찾아오세요"라고 했다고 한다. 다른 선생에 대한 소문이었다면 믿지 않았겠지만, 주인공이 그라고 하니 신뢰가 갔다. 그는 평소 월경에 대해 "여성만 할 수 있는 아름다운 일", "고결한 것"이라는 표현을 자주 썼다. 초등학교, 중학교, 고등학교까지 12년을 통틀어 그렇게 월경에 집착한 교사는 그가 유일하다. 시간이 한참 흐른 지금도 "팬티가 젖으면 찾아오세요"라고 말하는 그의 어투와 억양이 떠오를 정도니 그 선생의 행동이 내게 얼마나 깊은 충격을 줬었는지 알 만하다. 이외에도 그가 학생들에게 부인과 자지 않은 지 오래됐다고 하거나, 상담 시간에 학생에게 "네가 우리 반에서 제일 섹시하다"고 했다는 소문들을 들을 수 있었다.

언젠가 그는 모의고사 성적 하락으로 야자를 따로 하는 우등반에서 떨어져 교실에서 자습을 하던 내게 다가와 쪼개며 "우등반 떨어진 소감이 어때?"라고 물었다. 분명 그는 내가 자신을 싫어하고, 적대감에 피한다는 사실을 알고 있었을 것이다. 모의고사야 매달 보는 것이고 성적 하락은 무척 일시적인 일이었기에 난 사실 아무렇지도 않았지만, 굳이 그런 내게 와서 성적 떨어진 소감 따위를 묻는 그와 아름다운 대화를 나누고 싶진 않았다. 나는 아무런 대답도 하지 않고 곧바로 가방을 싸서 집으로 향했다.

"너 거기 안 서! 당장 따라와!"

복도가 쩌렁쩌렁하게 울릴 정도로 그가 소리를 쳤다. 그 와중에도 조금은 그의 체면을 살려줘야 한다는 생각에 교무실로 따라갔다.

"선생님께 태도가 왜 그래?"라고 묻는 그에게 나는 답했다.

"세상에 어떤 선생님이 성적 떨어진 학생한테 와서 '소감이 어떠냐'고 묻죠? 선생님 자식한테 누가 그렇게 물으면 기분 좋겠어요?"

묵묵부답인 선생의 얼굴을 보고 한마디를 더 했다.

"선생님이 평소에 교실에서, 교무실에서 학생들에게 하는 이야기들 제가 입이 없어서 집에 가서 안 하는 줄 아세요? 한 번 집에 가서 말해 볼까요, 누가 부적절한 행동을 하고 있는지?"

그 말을 들은 다른 선생님이 "너 선생님께 무슨 말버릇이니"라며 달려왔는데, 날 교무실로 불러낸 그 남선생이 만류했다. "아닙니다, 괜찮습니다. 제가 잘못한 일입니다"라면서.
그는 알고 있었다. 10대 여학생들에게 자신이 하는 말과 행동들이 얼마나 부적절한지를. 알아도 실천하지 않는다면 모르는 것만 못 하다. 노브라 노는 알았던 선생이 이 격언은 몰랐던 모양이다.

오빠랑 술 한잔할래

학교 다닐 때 그룹 과외 비슷한 학원에 다녔다. 선생님은 학원에 적을 두지 않고 개인적으로 학생들을 받아 가르쳤는데, 그 때문에 수업을 받을 장소가 마땅치 않아 자주 바뀌곤 했다.

한동안은 술집이 많은 번화가 거리 어딘가에 있는 학원의 귀퉁이 교실에서 수업을 받았었다. 아마 그 교실 하나를 학원에서 쓰지 않는 시간에 우리 선생님에게 빌려줬던 것 같다. 뭐 우리야 공부할 공간이 있으면 어디든 별로 상관은 없었지만, 집에 가는 길이 조금 험하기는 했다. 번화가다 보니 늦게 수업이 끝나고 나오면 길거리가 네온사인과 술 냄새, 고성으로 가득 찼기 때문이다.

그 때문에 선생님은 매일 자신의 차로 우리들을 집까지 데려다주었다. 수업을 받는 학생은 남자 둘, 나까지 여자 둘이었다. 한 남학생은 종종 수업을 빠졌다. 그날도 그래서 나머지 셋만 수업을 받았다.

학원 아래 차를 둘 수 있는 데가 있었다면 좋았을 텐데 그곳은 주차하기도 마땅치 않은 곳이었다. 따라서 선생님은 학원에서 걸어서 약 5분 정도 거리에 있는 노상 주차장에 차를 세워두곤 했다. 그날도 수업을 마치고 차가 세워져 있는 곳으로 걸어가고 있던 참이었다.

선생님의 발걸음이 빨라진다 싶더니 곧 시야에서 사라졌다. 그 뒤로는 남학생이 걷고 있었고, 다른 여학생과 나는 맨 뒤에서 같이 걸었다. 선생님이 사라진 뒤 남학생도 금방 모퉁이를 돌아 없어졌다. 우리도 빨리 뒤따라야겠다고 생각하고 발걸음을 재촉하는데, 어떤 모르는 남자가 우리 앞을 막고 섰다.

"오빠랑 술 한잔할래?"

이미 술을 진탕 마셨는지 눈의 흰자위가 시뻘겋게 변해 있었다. 거기에 개기름이 흐르는 것처럼 번들거리던 피부와 무스 같은 걸 발라 올백으로 넘긴 머리가 기억이 난다. 양복바지에 구두 같은 걸 신었는데, 완벽한 정장 차림은 아니었다. 드라마나 영화에서 나오는 '양아치' 같은 차림이라고 하면 느낌이 올까.

보통 고등학교 때는 학교 수업을 마치면 바로 학원을 가는 루틴으로 지내다 보니 그때 우리는 당연하게도 교복을 입고 있었다. 그런데도 그는 교복을 입은 여학생들을 보고 서슴없이 술 한잔

하자고 한 것이다.

순간적으로 무서운 생각이 들었다. 날은 어둡고 도와줄 사람은 보이지 않았다. 사람이 너무 겁을 먹으면 아무것도 할 수 없다는 걸 그때 나는 처음으로 깨달았다. 마치 발이 땅에 붙은 것처럼 움직여지지 않았고, '악소리' 하나도 질러지지 않았다. 할 수 있는 거라곤 날 쳐다보는 그와 계속 눈을 맞추고 있는 것뿐이었다. 드라마나 영화를 보다 보면 가끔 겁에 질린 인물이 아무 말도 못 하고 입만 벙긋거리고 있는 장면이 나오는데, 그때 내가 딱 그 짝이었다. 정말 아무 소리도 나오지 않고 몸도 굳어버렸다.

그때 만약 친구가 옆에 없었다면 어떤 일을 당했을지 상상도 하고 싶지 않다. 다행히 나보다 용감했던 친구는 굳어 있는 내 손목을 잡고 소리를 지르며 뛰기 시작했다. 그 힘에 이끌려 나도 간신히 발걸음을 뗄 수 있었다. 친구는 넋이 나간 듯한 내게 뛰면서 "괜찮아"를 연발했다. 친구가 소리 지르는 걸 들었는지 저만치 앞서가던 남학생이 걸음을 멈춰 서서 뒤를 돌아보고 있었다. 그제야 안심이 됐다.

우리는 선생님에게 그날 있었던 일을 이야기했다. 선생님도 못내 그 일이 신경 쓰였는지, 우리의 강의실은 곧 다른 곳으로 바뀌었다. 그 선생님에겐 초등학교에 다니는 어린 두 딸이 있었다. 아마 남 일 같지 않았던 것이리라 추측해 본다.

화장 좀 하고 다녀

나는 꾸미는 걸 좋아하는데 화장은 안 좋아한다. 옷에는 관심이 많은데 화장에는 관심이 거의 없다는 뜻이다. 처음으로 스킨, 로션이라는 걸 바른 것도 고등학교 1학년 때다. 그전까지는 비누로 슥슥 씻고 그 상태 그대로 밖으로 나갔다.

스킨, 로션은 한 학년 위의 선배에게 선물을 받아 처음으로 쓰게 됐다. 당시 막 부상하기 시작했던 로드샵 제품이었다. 정가 3,300원으로 비싼 제품은 아니었지만 생전 아무것도 안 바르던 얼굴에 바르기 시작하니 30만 원짜리 크림 이상의 효과를 냈던 것 같다. 보들보들해진 피부에 한동안 감동하며 다녔던 기억이 난다. 그 뒤로 스킨, 로션은 끊지 못하게 됐다.

여드름도 안 나는 피부인 줄 알았는데 20살이 되더니 갑자기 여드름이 올라오기 시작했다. 자취하며 갑자기 바뀐 생활패턴, 음주와 흡연 등의 문제가 있었겠지만, 그것들을 송두리째 삶에서 뽑을 수 없으니 화장품에 의지하기 시작했다. 기초라인에 신경을 쓰고 여드름을 가라앉히는 데 효과가 있다는 제품들도 사서 발랐다.

재미있는 건 여드름 때문에 기초 화장품에 신경을 쓰다 보니 색조 화장에 대한 관심은 더 멀어졌다는 점이다. 안 그래도 피부가 답답하고 안 좋은데, 거기다 파운데이션이니 파우더니 섀도니 하는 것들을 잔뜩 바르면 피부가 얼마나 더 나빠지겠는가. 한창 화장을 배우고 꾸미기 시작할 무렵을 나는 그렇게 성인 여드름과 싸우며 보내게 됐다.

마치 운전면허처럼 화장도 시기를 놓치고 나니 관심이 시들시들해졌다. 노는 것도 놀아본 사람이 하고 맛있는 것도 먹어본 사람이 먹는 것이다. 나는 화장을 그다지 해본 적도 없고 잘하지도 못하니 남들보다 관심 없는 게 당연했다.

다행히 가라앉았던 여드름은 25살 정도를 기점으로 다시 올라오기 시작했다. 취직해서 직장을 잡은 이후다. 잦은 회식과 음주 등으로 피부는 점점 더 안 좋아졌고, 그러다 피부과 시술을 한 번 잘못 받으면서 도무지 걷잡을 수 없을 정도가 됐다. 여드름이 그냥 보기에 안 좋아서 없애고 싶은 게 아니라 얼굴이 너무 아파서 없애고 싶었을 정도다. 무슨 죽은 피의 무덤처럼 올라온 거대한 보랏빛 염증들과 통증을 유발하는 새빨간 여드름들의 조화. 지금 남아 있는 여드름 자국들은 그때의 그 치열했던 전투의 흔적이다.

보통 직장에 다니기 시작하면서 정장 같은 옷도 사고 화장도 제대로 하기 시작한다는데, 나는 또다시 악성 여드름들과 전쟁을 벌이느라 그 시기를 놓쳤다. 회사 특성상 정장을 입을 일도 많지 않았고, 얼굴은 처참한 상태였기 때문에 화장할 엄두도 못 냈기 때문이다.

32살, 지금 내게 화장은 특별한 이벤트다. 유튜브에서 방송을 하고 있는데, 그 영상을 촬영할 때만 화장을 한다. 그 외에는 아주 격식 있는 자리에 간다든가 문득 화장을 하고 싶다는 생각이 들 때 정도만 메이크업 박스를 연다.

가끔 이런 나의 맨얼굴에 관심을 보이는 사람들이 있다. 새삼스럽게 "너 화장 안 한 거야?"라고 묻거나 "약속도 없어? 이렇게 편하게 다니게"라고 하는 것이다. 그런 사람들은 내가 꾸미고 외출한 날엔 꼭 "오늘 약속 있나 봐?", "좋은 데 가나 봐?"라고 묻는다.

물론 결혼식같이 격식을 차려야 하는 중요한 약속이 있다면 나도 그에 맞는 의상과 메이크업을 준비한다. 그런데 사실 그런 날은 1년에 몇 번 없다. 그냥 누구를 만나고 재미있는 곳에 놀러 가는 정도로 나는 굳이 없는 시간을 쪼개 화장을 하진 않는다. 예쁜 옷을 입는 것도 화장하는 것도 전적으로 '내 기분'에 달린 일이란 말이다. 화장을 한 날 "어디 가니?"라고 묻는 말에 불편한 기분이 드는 건 이 때문이다. 이런 말을 들을 때면 마치 내 얼굴에 하는 화장이 다른 누군가를 위해서인 것 같은 생각이 든다.

결혼을 앞두고서부터 유독 내게 안부 같지 않은 안부를 묻는 사람들이 많아졌다. 아마 대화의 물꼬를 틀만 한 건수가 생겼기 때문 아닌가 싶다. 대부분 "결혼 준비는 잘 되어가느냐", "예비 신랑은 어떤 사람이냐", "신혼집은 구했냐" 하는 내용이었다.

가끔 이 범주를 넘어가는 질문들도 있었다. "예비 신부가 표정이 왜 이렇게 안 좋아? 신랑이랑 트러블 있어?", "예비 신부가 화장 좀 하고 다녀야 하는 거 아니야? 뽀샤시하게.", "예비 신부가 이렇게 늦게 돌아다녀도 돼? 신랑이 화 안 내?" 같은 것들이 대표적이다. 결혼을 앞두고 있다는 이유만으로 갑자기 나는 예쁘고 화사해야 하는 존재, 남편의 부속물 같은 존재로 취급되기 시작했다.

가장 황당한 건 화장이다. 결혼한다고 해서 내가 페이스오프를 하는 것도 아니고, 사진으로 남아 예뻐 보여야 하는 날도 결혼식 당일이면 족하다. 그전까지 미모를 관리하고 뽐내야 할 이유는 내게 하나도 없다. 그런데 생각보다 많은 사람이 당황스러울 정도로 내 안색과 다크서클, 맨 얼굴을 걱정(?)했다. 나의 맨얼굴을 이상하다는 듯 쳐다보고 "이렇게 하면 더 예쁠 것 같은데", "화장을 하고 다니는 게 더 나아 보일 것 같은데", "꾸미고 나오니 좀 좋아. 평소에도 이렇게 좀 다녀" 같은 말들을 하는 사람들 사이에 섞여 있다 보면 점점 누가 내게 "예쁘다"라고 하는 말이 칭찬으로 들리지 않게 된다. 그냥 쉴 새 없이 받아온 외모 평가의 하나처럼 느껴질 뿐이다.

특히 결혼을 전후로 늘어난 나의 외적인 부분에 대한 평가들은 생각을 복잡해지게 만들었다. 나의 결혼 여부는 나의 직장생활이나 업무 능력, 지위와 아무런 관련이 없음에도 불구하고 갑자기 '결혼'이라는 키워드가 생기니 사람들이 나를 '여자', '부녀자', '남자의 짝'으로 생각하고 대하기 시작하는 것 같았다.

흔히 결혼식에서 신부를 '꽃'에 비유하곤 한다. 사회자들은 자주 "오늘의 진짜 주인공을 소개한다"며 신부를 호명하고, 그의 꽃 같은 미모를 칭찬한다. 그런 '꽃'을 제 곁에 두게 된 남자들은 식장에서 만세를 부르며 세리머니를 하기도 한다. 남편조차 어느 술자리에서 "결혼식의 진짜 주인공은 아내니까요" 따위의 말을 해서 내가 주먹을 꽉 쥐게 만든 적이 있다.

적어도 나는 꽃이 아니고, 앞으로도 그 어떤 곳의 꽃이 되고 싶은 마음이 없다. 나의 화장은 신랑을 위한 것도, 식장에 자리한 그 어떤 하객을 위한 것도 아니다. 일상생활에서의 화장 역시 마찬가지다. 화장을 하지 않는다고 해서 내가 가진 본연의 아름다움이 사라지는 게 아니며, 누군가에게 외모를 평가받기 위해 하는 것도 아니다. 여자로서, 사람으로서 내가 반드시 해야 할 의무 또한 아닌 것은 물론 예의는 더더욱 아니다. 진짜 예의가 없는 사람은 화장을 안 하고 나온 사람이 아니라 상대의 면전에 대고 "화장 좀 하고 다녀라"는 말을 충고랍시고 하는 사람들이다. 웃기는 건 그렇게 말하는 사람 치고 지 얼굴에 분 바른 사람은 없더라는 것이다.

뒤태가 마음에 들어

내가 일을 하면서 겪은 일 가운데 가장 웃기고 황당한 사건을 이야기해 볼까 한다.

어느 술자리였다. 모르는 사람이 아주 많았는데, 친목을 다지는 게 그날 술자리의 주된 목적은 아니었기에 나는 한쪽 구석 자리에 앉아 있었다. 왼쪽 옆에는 친하게 지내는 동료가 자리했고, 건너편에는 또 다른 동료가 있었다. 우리 셋은 나이도 비슷하고 일을 한 경력도 비슷해서 여러모로 통하는 게 많았다.

또 다른 쪽 옆에는 어떤 남자가 앉아 있었는데, 우린 서로 어떤 말도 섞지 않았다. 조용히 밥만 먹던 그는 조금 시간이 흐르자 자리에서 일어나 다른 테이블로 옮겨갔다. 그 남자가 떠난 빈자리엔 금방 또 다른 남자가 와 앉았다. 그렇게 세 명 정도 되는 남자들이 번갈아 내 옆자리를 채웠다 갔다.

또다시 옆자리 남자가 일어났고, 기다렸다는 듯 다른 남자가 와서 자리를 채웠다. 내 옆에 앉자마자 테이블에서의 대화를 자연스럽게 주도하던 그는 갑자기 내게 "넌 왜 그렇게 눈치가 없느냐"고 했다. 나는 어리둥절해서 "네?"라고 하곤 그를 쳐다봤다.

"네 옆자리 계속 바뀌지 않았어? 다들 네 얼굴을 보려고 그런 거야. 너 저쪽 테이블로 데려가려고."

솔직히 '뭐 어쩌라는 건가?' 싶었다. 나와 대화를 나누고 싶고 그럴 이유가 있다면 용건이 있는 사람이 오면 될 일이지 내가 왜 안면도 없다시피 한 사람들이 내 옆에 앉는 의도를 신경 쓰고 눈치를 봐야 한다는 것인가. 어리둥절해진 나는 그냥 "네네~"라고 대꾸하고 말았다. 그랬더니 그 남자가 이런 말을 했다. "저 뒤 테이블에 앉아 있는 OO이가 너랑 얘기하고 싶대. 네 뒤태가 마음에 들었대."

웃어야 하나 울어야 하나, 아니면 뒤태가 마음에 드셨다니 황송해서 절이라도 올려야 하나. "제 뒤태가요? 별일이 다 있네요"하고 넘기면서도 속으론 이가 갈렸다. 나이가 많고 직위가 높다고 해서 아주 한도 끝도 없이 무례해지려고 하는구나. 빨리 집에나 가야겠다고 마음을 먹었다.

그런 이야기까지 듣고도 내가 꿈쩍도 안 하자 결국 날 점찍으셨다는 본인이 납셨다. 그는 자리도 없는 테이블에 몸을 구겨 들이

밀더니 노골적으로 나를 무시하면서 다른 사람들과 이야기를 나누기 시작했다. 그러더니 자기보다 나이가 많은 다른 남자 선배에게 "요즘 애들은 다 이러느냐"고 말하기 시작했다. 유치하기 짝이 없지만, 요지는 이거다. 본인이 납셨는데 내가 인사하고 명함을 주지 않았다는 거다. 그때 바로 눈치채진 못 했지만, 결론은 번호를 따고 싶었던 것 같다. 명함을 요구했으니까. 나는 그때 마침 명함이 떨어진 상태였고, 그 말을 들은 남자는 기가 막힌다는 듯이 웃었다.

"요즘 애들이 이렇게 예의가 없는데, 선배 어떡해요?"

그 말을 들은 선배는 나하고도 어느 정도는 친분이 있는 사이였다. 그 선배의 중재 아래 그와 나는 서로 번호를 교환했다.

내 왼쪽 옆, 그리고 앞에 앉았던 동료 둘은 내게 시비를 건 그 두 남자가 누군지 아는 것 같았다. 내가 그들에게 이상한 짓을 당하고 있는 꼴이 안 됐는지 식사 자리가 어느 정도 마무리된 뒤 나를 따로 불러냈다. 그러더니 내게 "2차 가자고 해도 절대 따라가면 안 돼. 소문이 많은 사람들이야"라고 경고를 했다.

식사가 끝난 뒤 식당 밖에선 사람들이 몇몇씩 모여 이야기를 나누고 있었다. 2차를 갈 사람들은 가고 집으로 갈 사람들은 가는 분위기였다. 나는 그 식당에서 그리 멀지 않은 곳에 살아서 당연히 집으로 갈 생각이었다. 앞서 겪은 불쾌한 일도 귀가 본능을 깨우는 데 한몫을 했다.

그때 다시 내 뒤태가 마음에 든다던 남자와 그걸 굳이 나한테 알려준 바람잡이가 우리 무리 쪽으로 왔다. 뒤태가 마음에 든다던 OO이는 내 동료들에게 "너희들 어디 사느냐"고 물었다. 나한테 묻지 않았으니 가만히 있는데, 그 바람잡이가 내게 "너 바보야? 너 어디 사는지 궁금해서 OO이가 다른 애들한테 물은 거잖아"라고 했다. 나는 아무런 대답도 하지 않았다. 그 둘은 우리에게 자꾸 2차를 가자고 했고, 우리는 미지근한 태도를 보이며 빠져나갈 타이밍을 찾았다.

마침내 좋은 타이밍을 잡은 우리 셋은 몰래 그 자리를 떴다. 혹여나 잡힐까봐 빠른 걸음으로 걸으면서 다른 두 동료에게 "혹시 2차 따라갔으면 저 남자가 정말 계속 추근댔을까?"라고 물었다. 그러자 한 명이 말했다.

"너 저 사람 소문 몰라? 술 마시면 맨날 여자들 꼬셔서 잔다잖아. 백퍼 너 모텔로 끌고 가려고 했을걸."

자기가 감히 나랑 잘 수 있다고, 아니 내 몸의 털끝 하나라도 건드릴 수 있다고 생각했다니 지금도 기가 막혀서 코웃음이 난다. 어쨌든 그 당시엔 너무 놀랐기에 "정말 저 사람이 나랑 자려고 저런 거라고?"라고 되물었다. 이후 우리 셋은 편의점에서 숙취해소제를 사 먹고 별 잡놈들 때문에 잡친 기분을 만회해야겠다며 근처 세계 맥주 할인점에 가서 새벽까지 마셨다. 어쩐지 그 날은 술을 마셔도 마셔도 취하지 않았다.

다다음 날 그 자리에 없었던 다른 동료에게 전화가 왔다. 친구는 내게 "너 무슨 짓을 하고 다니는 거야"라고 다짜고짜 따졌다. 내가 뭘 어쨌다는 거냐고 하니 친구는 "너 그 OO 선배랑 엮였었다며. 네가 그 선배가 너랑 자고 싶어 하는 것 같다고 매도했다며"라고 했다.

음… 내가???

그 남자가 나랑 자고 싶었는지 안 자고 싶었는지는 모르겠지만, 확실한 건 나는 그날 그와 몇 마디 섞지 않았다는 것이고, 그와 그의 바람잡이가 하는 역겨운 말에 거의 대꾸도 해 주지 않았다는 것이다. 그 사람이 내게 추파를 던진다고 생각해서 그 자리에서 끌고 나온 건 내 동료들이고, 그 남자가 나랑 자고 싶어 한다는 말도 동료들을 통해 들었다. 그것도 식당에서 한참 떨어진 곳에서.

그렇게 엮이지 않으려고, 더러운 일에 휘말리지 않으려고 필사적으로 노력을 했는데 결국 나는 이상한 소문의 주인공이 되고 말았다.

심지어 내가 그 선배가 날 꼬시려고 하는 것 같다고 했다는 말을 옮긴 사람은 그 자리에 있지도 않았던 어떤 다른 선배였다. 나중에 알고 보니 내 뒤태가 마음에 든다던 그 잡놈은 주위에서 잘생겼다는 평가를 꽤 받고 있었다. 그래서 그를 짝사랑 하는 사람도 있었고, 그와 염문에 휩싸인 사람도 있었단다. 나에 대한 근거 없는 말을 옮긴 그 선배 역시 그 남자의 '썸' 주인공 중 하나였는데, 그는 내가 마치 혼자 착각을 해서 그 잡놈의 명예를 훼손시켰다는 듯한 뉘앙스로 말을 전달했다고 했다.

뒤태가 마음에 든다면서 2차 가자고 꼬시면 냉큼 따라왔어야 하는데 그러지 않고 내뺀 나 때문에 자존심을 많이 구겼는지, 나를 둘러싼 이상한 소문들은 한동안 사그라지지 않고 계속됐다. 그가 흘렸을 게 뻔한 말들이었다.

그에겐 안타까운 일이겠지만, 이미 나는 이런 종류의 모욕과 루머들에 익숙한 편이었다. 그동안 많이도 꼬였던 추잡스러운 인간들의 행동 패턴은 늘 그랬다. 만만하게 생각하고 접근했다 자기 마음대로 안 되면 괴상한 소문을 만들어서 유포하는 것. 처음 한 번 당할 때야 속상하지만 어떤 일이든 반복되면 그러려니 하고 익숙해지는 법이다. 아무리 내게 상처를 주려고 발악을 해도 그런 사람들은 내 삶과 영혼에 조금의 흠집도 낼 수 없다. 물론 지겹긴 하다. 남자들이 만들어내는 저급하고 뻔한 루머들.

널 왜 뽑았는데

어떤 단체의 워크숍쯤이라고 이야기해 두겠다. 워크숍은 1박 일정이었고 밤이 늦어지자 거나하게 취한 사람들이 하나, 둘 늘기 시작했다. 그 가운데 한 명이 내 옆에 앉았다.

같은 단체 소속이었지만 실질적으로 그와 나는 별로 마주칠 일이 없는 사이였다. 이를테면 그는 그 모임의 간부에 가까웠고, 나는 그냥 평범한 1인이었다. 그 워크숍 전까지 우리는 서로 대화를 나눠본 일도 없다.

한참을 그는 내게 사회인으로서 가져야 할 덕목에 관해 이야기했다. 피가 되고 살이 될 만한 말들은 아니었다. 모름지기 사회생활을 잘 하기 위해서는 작은 일도 크게 키울 줄 알아야 하고 호들갑도 떨 줄 알아야 하고 잘못해 놓고 발뺌도 해야 하고 뭐 그런 내용이었던 걸로 기억한다. 사자성어를 섞어가며 이야기하는 그를 보며 '헛소리를 이렇게 그럴듯하게 하는 법도 있구나' 속으로 생각했다.

당시만 해도 나는 어렸고, 나보다 윗사람들과 되도록 트러블을 만들지 않는 게 좋다고 생각했다. 상대가 말 같지도 않은 말을 해도 웃음으로 받아넘기고, 자연스럽게 그 자리를 빠져나가는 게 좋은 처세술이라 여겼다. 때문에 그 때도 그의 헛소리를 퍽 열심히 들어줬던 기억이 난다.

그러다 조금씩 분위기가 이상해지기 시작했다. 우리 단체 소속은 아니었지만 긴밀한 협력 관계를 맺고 있는 다른 단체의 사람이 오면서부터다. 그는 술잔에 오만 원짜리를 하나 감더니 한 여자 선배에게 "원 샷 하면 이 오만 원은 네 것"이라고 했다. 그 선배는 주저 없이 그 잔을 받아 들더니 원 샷을 했다. 그리곤 크게 웃으며 손에 오만 원짜리를 들고 흔들었다. 그게 흔히 말하는 룸살롱에서 자주 벌어지는 일이라는 걸 안건 한참 후였다.

양주가 등장하고 분위기가 묘해지자 내 옆에 앉은 남자의 행동도 점차 대담해지기 시작했다. 여러 명이 듣고 있던 그의 이야기는 어느 순간 나만 듣고 있었고, 그의 목소리는 점점 더 작아졌고 대화는 은밀해졌다. 그는 술에 취했는지 몸을 내 쪽으로 기댔고, 허벅지에 손을 올렸다. 일부러 쓰다듬는 건지 몸을 지탱하는 건지 헷갈리는 손짓이었다. 나는 최대한 조심스럽게 몸을 빼려고 애썼다. 그가 말했다.

"너 같은 애 왜 뽑는 줄 알아?"

'나 같은 애?' 나는 당황했다.

"한번 자고 싶어서."

그제야 그의 손짓의 의미가 더 확실하게 다가왔다. 그는 허벅지뿐만 아니라 옆구리까지 내 몸을 자연스럽게 훑었다. 나는 자리에서 일어났다.

워크숍에는 내가 속을 터놓고 얘기할만한 사람이 별로 없었다. 남자들에게 이런 이야기를 하고 싶지는 않았고, 나와 비슷한 동료들에게 이야기해 봤자 실질적으로 도움이 되지 않을 것 같았다. 결국 나는 아까 그 오만 원이 감긴 술잔을 들고 원 샷 했던 여자 선배를 찾아갔다. 그는 그 단체에 있던 유일한 나의 여자 선배이자 여자 윗사람이었다.

내가 상황을 설명하자 그는 "일단 알겠으니 다시 돌아가서 자리를 지키라"고 했다. 마치 '그런 일은 술자리에서 종종 발생하는 것이기 때문에 유난 떨지 말라'는 것처럼 들렸다. 그냥 술자리로 돌아가서 기다릴까 했지만 그건 아닌 것 같았다. 결국 그 여자 선배보다 더 윗사람인 남자 선배에게 이 사실을 이야기했다.

마침 그 남자 선배와 간부는 서로 단체 내에서 힘겨루기를 하는 상태였던 것 같다. 남자 선배는 그 일을 빌미로 그 간부를 내쫓으려 했다. 두 사람이 밤에 싸웠다는 이야기를 들었는데, 실제 그

간부는 다음 날 워크숍에서 사라졌고 그 이후 다리를 절뚝이며 다녔다. 남자 선배는 나를 '잔 다르크'라 불렀다. 그러면서 "네가 잔 다르크가 돼서 그 사람을 이 단체에서 몰아내야 한다"고 말했다. 내가 입었을 충격과 상처에는 전혀 관심이 없어 보였다.

그를 위해서는 아니었지만 나는 차근차근 법적 절차를 밟았다. 변호사와 이 일에 대해 상담했고, 성추행 고소 절차에 대해 알게 됐다. 수치스러운 마음이 차오르고 정신이 몽롱했지만, 간신히 내리누르며 진술서를 썼다. 그 과정에서 나는 만나고 있던 연인과 헤어졌다. 만난 지 3년쯤이 됐던 우리 커플은 하루걸러 하루 싸우던 상태였다. 내가 이 사실을 이야기하면 그는 "네가 행실을 이상하게 하고 다니니까 그런 일을 겪는 것"이라고 할 것 같았다. 결국 나는 입을 다물었고, 그는 우울함에서 벗어나지 못하는 나를 이해하지 못했다. 예정된 이별이었을지 모르나 결정적 불씨를 제공한 건 그 사건이었던 셈이다.

변호사와 통화한 그 간부는 단체에서 나가기로 했고, 나는 잠시 휴식 시간을 가졌다. 그 과정에서 그 단체에 있던 다른 간부와 많은 이야기를 나눴다. 아내와 딸을 끔찍하게 아끼기로 유명한 그는 누구보다 내 마음을 잘 이해해주는 듯했고, 어떤 상황에서도 내 편을 들어줬다. 그런 주위의 도움에도 나는 완벽하게 상처를 회복하지 못했다. 결국 나도 그 단체에서 나가기로 했다.

단체에서 나가기로 하던 날 대표는 내게 말했다 "어른이 되는 과정이라 생각하라"고. 나는 그에게 말했다.

“대표님은 아직 성추행을 당하지 않아서 어른이 못 된 건가요?”

그의 눈은 싸늘하게 바뀌었고, 곧 “너 때문에 그 간부까지 내보냈는데 너도 나간다고 하면 어떡하느냐”고 화를 냈다. 그렇게 나는 차가운 배웅 속에 문을 열고 나왔다.

또 한 가지 슬펐던 건 주위의 반응이었다. “걔도 그 날 워크숍에서 그 간부랑 대화하는 걸 즐기는 것 같지 않았어?”, “남자들이 진영이를 보는 눈빛 이상하지 않아? 남자 동료들이 다른 여자를 대할 때랑 진영이를 대할 때랑 태도가 완전히 달라”, “싫은 티 하나도 안 내놓고 나중에 저러는 거 진짜 웃기지 않아?” 의도치 않게 이런 대화들을 엿듣고 말았다.

나는 이 일을 한동안 누구에게도 말하지 못했다. 가족에게 이야기하지 못했음은 물론이다. 충격받고 슬퍼할 엄마의 얼굴이 그려졌기 때문이다. 참 기댈 곳 없이 외롭고 우울하고 슬픈 여름이었다.

애처가의 판타지

바로 앞선 그 성추행 사건에서 늘 내 편을 들어주고 상담가를 자처했던 애처가 이야기다.

성추행 사건이 있고 난 뒤 얼마 지나지 않아 나는 어떤 직장에 취직했다. 새로운 분야였고, 처음 배우는 일이라 정신없이 바빴다. 그맘때쯤 그 애처가에게서 자주 연락이 왔다. 그 일 이후 내가 잘 지내고 있는지를 묻는 내용이었다. 여러 지역을 이동하며 일을 했던 그는 가끔 내 사무실이 있는 곳 근처에 올 때면 나를 불러냈다. 같이 담배를 피우거나 자판기 커피를 한 잔 뽑아 마시는 게 다였다.

그날도 마찬가지였다. 근처에 갈 일이 있는데 잠깐 얼굴이나 보자기에 회사 앞 주차장으로 나갔다. 커피를 한 잔 마시면서 "잘 지내느냐"는 등의 이야기를 나눴다. 그리고 올라가려는데 그가 "격려 차원에서 포옹 한 번 하자"고 이야기했다.

워낙 성추행 사건이 있을 때부터 친절하게 나를 잘 챙겨줬던 사람이라 나는 그에 대해, 마치 친척 같은 친근감을 느꼈다. 그래서 선뜻 그러자고 했다. 친구가 입대할 때도, 제대할 때도, 술 마시고 우정을 다지고 난 뒤에도, 오랜만에 친척들을 만났을 때도 포옹은 할 수 있는 거니까. 그런 차원이라고만 생각했다. 그런데 뭔가 이상했다. 인사 차원의 포옹이라기엔 미묘하게 시간이 길었고, 그가 힘을 세게 주는 것 같기도 했고, 등을 두드리는 것 같으면서 쓰다듬는 것 같기도 했다. 그런 찝찝함을 안고 사무실로 돌아갔다.

며칠 뒤 그에게 연락이 왔다. 저녁 식사나 같이하자는 거였다. 내키지 않는 기분이 들었다. 그래도 찝찌름했던 포옹 외에는 우리 사이에 아무런 일도 없었는데 거절하는 게 이상한 것 같아 일단 만나기로는 했다. 나는 그러면서도 걱정스러워 만나서 어떻게 행동할지 계획을 세웠다.

아니나 다를까 그는 내게 술집에 가자고 했다. 참고로 말하자면 그는 평소 정말 애처가 이미지다. 어디를 가나 아내와 딸들에게 줄 선물을 샀고, 맛있는 걸 먹으면 꼭 집에 포장해서 갔고, 힘들었던 시절 자신을 지탱해줬던 아내에 대한 고마움도 종종 다른 사람들 앞에서 표현했다. 아마 그래서 그를 그다지 의심하지 못했던 것 같다.

술집에 가지 않기 위해 나는 그에게 장염에 걸렸다고 거짓말을 했다. 내가 "술은 절대 못 마신다"고 강경한 태도를 보이자 그는 결국 근처 카페로 향했다. 가는 도중 그는 "아쉽다"고 몇 번 입맛을 다셨다. 그는 아주 친절하게 내게 따뜻한 차를 권했고, 그래도 굶으면 안 된다면서 빵 같은 걸 하나 사줬다. 그리곤 이상한 이야기를 하기 시작했다.

그는 곧 필리핀인지 태국인지로 여행을 간다면서 아내 없이 혼자 가는 여행이라며 미소를 보였다. 그러더니 자신이 필리핀에 가면 받는 마사지 코스를 설명하기 시작했다. 속옷을 벗고 가운을 입고 누우면 마사지하는 사람이 몸 구석구석을 만져준다는 거였는데, 그쯤부터 본격적으로 그 자리가 불편해지기 시작했다. 마사지 과정을 묘사하는 그의 이야기가 너무 디테일했기 때문이다. 기분 탓인지 표정도 어딘지 모르게 음흉해 보였다. 불안한 예감은 틀리지 않는다고 했던가. 그는 곧 지난 밤 이야기를 하기 시작했다.

"사실 내가 부인하고 각방을 써. 근데 어제 내가 혼자 자는데 아내가 내 침대로 올라와서 뒤에서 날 껴안는 거야. 근데 난 잠결에 그게 너인 줄 알았어. 너인 것 같아서 더 꼭 껴안았는데 아내인 거야. 그래서 놀랐지. 나는 왜 그 사람이 너인 줄 알았을까?"

어떻게 그 자리가 끝났는지는 잘 모르겠다. 어쨌든 그 이상한 분위기 속에서 나는 최대한 빨리 빠져나오려고 애썼다. 아마 어색하게 웃으면서 "그러시냐"고 몇 번 대꾸해주다 자리에서 일어났을 것이다. 어두운 밤이, 그 남자의 표정이, 카페에 사람이 별로 없다는 사실이 다 무서웠다. 화를 내고 싶었지만 무엇을 빌미로 화를 내야 하는지 혼란스러웠다.

다음 날 친구를 만나 이 이야기를 했다. 나는 내가 과민했던 것인지 아니면 정말 그가 이상했던 게 맞는지 확인을 하고 싶었다. 친구는 내게 "그 사람이 정식으로 너에게 불륜 제안을 한 거지"라고 말했다. 친구는 "어쩜 그리 둔하냐"며 "너만 모르지 아마 사람들 다 알 것"이라고도 했다. 그렇게 당하고도 또 방심하다니. 소름이 끼치고 나 자신이 싫어졌다. 자괴감에 빠진 내게 친구는 "불륜 제안을 받는 사람이 너 혼자는 아닌 걸로 안다"면서 슬픈 위로를 건넸다.

나는 물론 그 후로 그의 연락을 받지 않았다. 그런데도 그는 끈질기게 "진영아 오해야"라며 연락을 시도했다. 모바일 메신저에서 즉시 그를 차단했다. 메신저에서 누군가를 실제로 차단해 본 건 그때가 처음이었다.

그 일에서 가장 슬펐던 부분은 그는 내가 성추행을 당한 일로 얼마나 괴로워했는지를 아주 가까운 곳에서 지켜봤던 사람이라는 것이다. 나는 그가 내 상처와 상실감에 공감하고 있다고 생각했고, 그의 위로와 미소가 모두 진심이라고 여겼다. 내가 그에게 준 건 불륜의 여지가 아닌 믿음이었다. 그런데 그는 상처 입고 충격받은 나를 위로하면서 내게 연민이 아닌 다른 감정을 느껴왔던 것이다. 내가 성추행에 대해 얼마나 단호한 대처를 해나가는지를 봐 왔으면서도 무서움조차 없었던 모양이다.

그 일로 나는 성범죄에 노출된 사람은 2차, 3차 가해에 더욱 취약해질 수밖에 없음을 깨달았다. 성추행을 당한 것은 내 잘못이 아니었고, 절대 난 그런 일을 원한 적이 없었음에도 그런 추문에 휩싸였다는 자체만으로 많은 사람은 나를 "쉬운 여자"라고 생각한다는 끔찍한 사실… 약자를 보호하는 것이 아닌 그들을 골라내 더욱 잔인한 행위를 가하는 이들이 이 사회에는 만연하다는 것을 뼈아프게 느꼈다. 그도 그럴 것이 나는 '불륜 제안'을 받은 뒤 한동안 '정말 내가 뭘 흘리고 다니나'라고 자책해야 했다. 자꾸만 비슷한 일이 생기니 모든 것이 그냥 나의 잘못 같았다. 이런 일을 당하는 게 내 잘못이 아님을 진심으로 깨달은 순간, 나의 이런 자책이 가해자들에게는 얼마나 이득이 될지 알게 됐다. 특히 나처럼 상처가 아물기 전에 비슷한 일을 겪게 되는 사람들은 '이 같은 일이 계속해서 일어나는 데는 나의 책임도 있는 게 아닐까' 하는 생각에 빠지게 되기 쉽고, 그렇게 되면 가해자들은 더욱 쉽게 법망과 죄책감에서 벗어날 수 있을 것이 뻔하다.

그래서 이 일을 다른 사람들 앞에서 얘기할 수 있을 때까지는 수년이 걸렸다. 사람들이 오히려 나를 비난하고 나의 행실이 부적절했다고 손가락질할까 두려웠기 때문이다. 누군가 내 입장을 100% 이해해 준다 하더라도 그 사람이 정말 불륜 제안을 했는지를 무엇으로 증명하겠는가. 그가 아니라고 하면서 나를 피해망상 환자로 몰아간다면, 그다음 내 삶은 또 얼마나 더 피폐해지겠는가.

그때의 일은 내 삶의 많은 부분을 바꿔놨다. 가장 큰 건 마음가짐이다. 더 이상 나만은 성범죄로부터 자유로울 것이란 태평한 생각은 버리기로 했다. 또 주변에서 일어나는 다른 많은 성범죄에 대해서도 관심을 갖기 시작했다. 죄를 지으면 벌을 받는다는 당연한 명제가 실제로 우리의 사법체계 안에서 실행되기 위해선 상당히 많은 증거와 증언이 필요하고, 그 과정에서 피해자들이 겪는 심적 피해 또한 크다는 걸 알게 됐다.

피해의 경중을 내가 멋대로 나눌 수는 없겠지만, 그래도 나보다 더 끔찍한 일을 겪은 사람들은 얼마나 큰 고통 속에서 살고 있을지를 자주 생각한다. 스스로 느끼기에 피해의 정도가 크든 작든, 이런 비슷한 일을 겪은 사람들에게 꼭 말해주고 싶다. "당신은 아무 잘못도 하지 않았다." 부디 나와 같은 자책과 자기 의심으로 소중한 당신의 감정과 하루하루를 어둡게 만들지 않았으면 한다.

어린이날 체벌

지금도 생각하면 이가 갈리는 학원 선생이 하나 있다.

초등학교 6학년 때 종합학원이라는 곳엘 처음 갔다. 그는 그 학원의 어떤 과목 선생이었다.

그는 항상 검은색 내지 청색 테이프로 칭칭 감은 짧고 납작한 몽둥이를 들고 다녔다. 지금은 어떤지 모르겠지만 그때는 학원에서도 종종 체벌을 했다.

나는 맞는 걸 싫어한다. 특히 그 사람이 때리기 좋게 자세까지 잡아주는 건 더 치가 떨린다. 별로 선생들에게 맞는 것에 큰 의미를 두지 않는 애들도 많았던 것 같은데 나는 좀 그런 문제에 예민했다. 지금도 누가 툭툭 건드리기만 해도 싫은 걸 보면 본성인 것 같다. 맞는 걸 싫어하는 것의 연장선에서 당연히 때리는 것도 반대다. 나는 그 어떤 형태의 체벌에도 반대하는 입장이다.

그런데 그 선생은 늘 때리고 싶어 안달이 난 것처럼 굴었다. 별대수롭지도 않아 보이는 일로 걸핏하면 체벌을 했다. 나는 공부도 잘하고 성실한 학생이라 사실 맞을 일이 없었다. 아마 그래서 그는 더 날 때리고 싶어 했던 것 같다. 숙제를 다 해오거나 시험을 잘 칠 때면 "진영이도 한 번 맞아야 되는데" 따위의 말을 실실 웃으면서 했다. 그날은 어쩌면 날 때리기 위한 구실이었나 싶다. 아, 이쯤에서 말하자면 나와 내 친구들은 그를 '변태'라고 불렀다.

초등학교 6학년에 맞은 어린이날. 그는 "오늘이 너희가 어린이로서 맞이하는 마지막 어린이날"이라고 운을 뗐다. 그러더니 "마지막 어린이날을 맞은 기념으로 한 대씩 맞자"고 했다. 뭐 저런 미친 소리가 다 있나 했는데 애들이 아무 말 없이 나가서 맞기에 나 역시 속절없이 칠판으로 끌려나갔다.

그때는 의아함이 더 컸던 것 같지만 어쨌든 지금까지도 그 치욕스러움이 잊히지 않는다. 그때부터 그를 예의주시하고 있었다.

학년이 올라가도 그는 계속 따라와 나를 가르쳤다. 그는 가끔 담배 냄새가 나는 손으로 내 뺨을 꼬집었고, 불쾌한 표정을 지으면 "선생님이 예뻐해 주는 것"이라고 했다. 나는 그런 그가 싫고 부담스러워서 피했다.

그러던 어느 날 그가 우리 반에 있던 아주 조용한 여자애를 타깃으로 삼았다. 그는 우리에게 연습문제를 풀게 시킨 뒤 그 여자애 쪽으로 다가갔다. 그러더니 고개를 숙이고 문제를 풀던 그 아이를 뒤에서 껴안았다. 그 애가 발버둥을 치며 일어나려고 하자 그는 체중을 실어 그 애를 더 꾹 눌렀다.

"하지 말라는데 왜 그러세요. 그만 하세요. 학생을 왜 만져요?"

나는 소리를 쳤다. 사실 그맘때쯤 그와 나의 사이에는 한창 긴장감이 흐르고 있었다. 그는 처음부터 날 예뻐했는데, 나는 어린이날 체벌 이후 그와 계속해서 거리를 뒀기 때문이다. 아마 그가 가까이 다가오면 싫은 표정이 나오기도 했을 것 같다.

그는 무서운 표정을 하더니 나를 상담실로 따라오게 했다. 단둘만 있는 상담실 안. 중학교 1학년 즈음이었던 나는 그 분위기가 무서웠다. 그는 내게 "선생님에게 어떻게 그런 버르장머리 없는 말을 할 수 있느냐"고 말했다. 분명 생각하기엔 잘못은 그가 한 건데 차마 그렇게는 입이 떨어지질 않았다. 그가 윽박지르면 지를수록 내가 큰 잘못을 했다고만 여겨졌다. 그는 학원 원장에게도, 우리 엄마에게도 내가 얼마나 버릇이 없는지를 얘기해 주겠다고 협박했다.

나는 굴복했다. "죄송하다"고 눈물을 보였다. "선생님이 요즘 나를 예뻐하지 않고 싫어하는 것 같아서 심술이 났던 것 같다"고 말했다. 물론 모두 거짓말이었지만 그는 내 말을 믿었던 것 같다. '나의 성은이 그리웠던 거군'하는 눈빛으로 역겹게 미소를 짓더니 "선생님이 진영이를 왜 싫어해. 아주 좋아해. 선생님이야말로 요즘 진영이가 선생님을 피하나 했어"라며 내 볼을 쓰다듬었다. 아직도 그 두껍고 새카만 손가락이 기억난다. 그 손에서 떨어지지 않던 테이프가 칭칭 감긴 몽둥이도.

위기 대응 능력이 떨어지는 아이들을 추행하고 희롱하면서 얼마나 재미있었을까. 말 같지도 않은 구실로 체벌을 하면서 바지 속으로 얼마나 느꼈을까. 그런 짓을 해도 말대답 하나 못 하는 아이들을 상대하면서 세상이 얼마나 쉬워 보였을까.

혹시 어디에선가 여전히 그렇게 약자를 괴롭히고 있을지 모를 그에게 꼭 한마디를 하고 싶다.

비록 나도, 내 친구들도 제대로 말 한마디 못 했고 정식으로 학원에 문제를 제기하거나 경찰에 신고하지도 못 했지만 우린 다 알고 있었다. 당신이 변태라는 것을. 당신이 없는 자리에서 우리는 당신을 변태라고 불렀다. 표현하는 법을 몰랐을 뿐 당신이 잘못됐다는 걸 우린 모두 알고 있었던 거다. 당신이 한 짓은 시간이 지나도 잊히지 않았고, 나 외에도 많은 사람의 머릿속에 남아 있을 것이다. 당신은 결코 당신이 지은 죄로부터 도망칠 수 없다.

예쁨 받던 여자애

얼마 전 아주 오랜만에 만난 친구와 식사를 했다. 우린 초등학교 때부터 베스트 프렌드였는데 그 친구가 중학생 때 이민을 가면서 한동안 만날 일이 없었다. 그 친구가 당분간 한국에서 체류하게 되면서 친구가 된 뒤 처음으로 비로소 느긋하게 둘만의 저녁 식사 시간을 가졌다.

그날 식사 시간 이야기의 주제는 크게 '옛날이야기'와 '한국에서의 삶'이었다. 얼굴이 예전 그대로네 어쩌네, 한국에서는 운전하기가 힘드네 어쩌네 이야기를 한참 하다 자연스레 '어릴 때의 한국에서의 삶'으로 이야기가 확장됐다. 그 친구는 별다른 일을 하지 않고 있는데, 남편이 한국에서 일하는 걸 결사반대한다고 했다. 이유를 굳이 말하지 않아도 전해지는 그 마음. 아마 이 이야기도 여기서 가지를 뻗었을 것이다.

"어릴 때 나를 '예쁜이'라고 부르던 문방구 아저씨가 있었어. 맨날 내가 가면 예쁘다면서 가까이 와보라고 했는데, 어느 날 내가 그 이야기를 엄마한테 했더니 엄마가 깜짝 놀라면서 '그 아저씨가 언제부터 너한테 그런 행동을 했었느냐'고 묻는 거야. 그다음부터는 그 문구점을 못 가게 했어. 그때는 엄마가 왜 그랬나 싶었거든? 근데 지금은 왜 그랬는지 알겠어."

이 이야기를 듣고 나는 깜짝 놀랄 수밖에 없었다. '어떻게 남자 어른이 꼬맹이에게 그럴 수 있지?'라는 생각 때문이었냐고? 아니다. 내게도 비슷한 일이 종종 있었기 때문이다.

어릴 때 나는 어린이 방송에 캐스팅될 정도로 꽤 귀여운 외모를 가지고 있었다. 내 눈에도 눈도 동글, 얼굴도 동글 아주 예쁘게 보인다. 오죽하면 엄마가 지금 나를 보고 맨날 '역변'이라고 구박할 정도다. 어쨌든 나는 어릴 때 성격도 별로 모나지 않고, 아기 스포츠단을 다닌 덕에 남자애들과도 잘 어울리는 편이었다. 남녀노소 가리지 않고 누구에게나 그런 친근한 태도를 보였다.

유독 나의 그런 친근함을 좋아했던 건 아저씨들이었다. 아저씨들은 내게 귀엽다, 예쁘다, 춘향이 같다, 복스럽다, 깜찍하다는 등의 칭찬을 유독 많이 해 줬다. 이사를 할 때면 이삿짐센터 아저씨 중 몇 명은 근처 놀이터나 풀밭에 앉아 있는 내 곁에 다가와 말을 걸었고, 신발을 사러 가면 주인아저씨는 귀엽다고 볼을 꼬집었다. 스스로도 퍽 귀엽고 예쁘다는 걸 알고 있었던 나는 속으로 '아저씨들이 한 명도 빼지 않고 나를 예뻐하는 걸 보면 나는 아저씨들이 좋아하는 스타일의 꼬마인가 보다'라는 생각까지 했다. 그런 생각을 한 게 초등학교 저학년 때다.

어느 날 엄마랑 같이 목욕탕에 갔다 돌아오는 길이었다. 중간에 신발 가게인지 채소 가게인지 아무튼 어떤 가게에 들렀는데, 아저씨가 나를 유독 반겨줬다. '훗, 역시 아저씨들은 날 예뻐한다니까'라는 생각을 하며 나도 아저씨 말에 웃음으로 화답했다. 엄마는 아무것도 사지 않고 가게 밖으로 나왔다.

집으로 걸어가는 길, 나는 우쭐해져선 엄마에게 "엄마, 아저씨들은 날 좋아하는 것 같아. 왜 그래?"라고 물었다. 그 말을 들은 엄마가 깜짝 놀라 걸음을 멈췄다. 그리곤 내게 "그런 이야기 하는 거 아니야. 알았지?"라고 주의를 시켰다. 엄마가 왜 그렇게 놀랐는지, 왜 내게 그런 말을 하지 말라고 했는지를 이해한 건 20년이 훌쩍 지나서다.

어린이는 단순하다. 필터링이 없다. 기분이 좋으면 좋은 것을 표현하고 나쁘면 나쁘다고 한다. 거짓말에 능수능란하지도 않고 작용 반작용이 확실한 편이다. 잘해주고 예쁘다고 해주는 아저씨들을 당연히 나는 좋아할 수밖에 없었다. 내게 친근한 사람을 굳이 멀리해야 할 이유를 생각할 만큼 복잡하지 않았으니까. 혹시라도 누군가 그런 단순한 아이들의 마음을 이용하고 있지 않기를 바란다. 생각보다 아이들은 많은 것을 머리에 남기고, 언젠가 당신의 목소리와 얼굴을 기억할 것이다.

여자가 무슨…

바둑을 둘 줄 안다. 어릴 때 학원까지 다니면서 배웠는데, 그때는 꽤 잘 뒀던 것 같다. 집이 이사하면서 근처에 바둑 학원이 없어 그만뒀는데, 그러고 난 뒤에도 '사활의 급소' 같은 책을 보면서 꾸준히 공부했다.

사촌 오빠도 바둑을 둘 줄 안다. 오빠랑 직접 둬 본 적은 없고, 둘 줄 안다는 이야기는 많이 들었다.

오빠는 대학 때 한동안 조카들을 대상으로 과외를 했다. 어떤 조카들은 나와 7살 정도 차이가 났고, 어떤 조카들은 15살은 차이가 났다. 오빠가 입대하면서 과외도 정리된 거로 안다.

오빠가 입대하고 얼마 안 돼서 조카들을 볼 기회가 있었다. 명절이라 한자리에 모였던 것 같다. 그때 네 살쯤 됐나 하던 어린 조카도 있었다. 오빠는 과외를 하면서 가끔씩 그 아이와 바둑을 둬줬던 모양이었다. 사촌 언니는 내게 자기 아들이 바둑을 둘 줄 안다고 했고, 그 말을 들은 다른 가족들은 조카에게 "진영이 이모도 바둑 잘 둬. 한 번 둬 달라고 해"라고 했다.

떡 줄 사람은 생각도 없는데 내가 김칫국부터 마셨던가 보다. 오랜만에 바둑을 두게 됐다며 기뻐하고 있는데 조카가 먼저 입을 열었다.

"아, 무슨 여자랑 바둑을 둬."

초등학교 입학도 안 한 꼬맹이 입에서 저런 말이 나오다니. 가족들 몇몇이 놀라 벙찐 표정을 지었다. 나는 "아, 그렇지. 하하하하. 여자랑 무슨 바둑을 두냐, 그렇지. 하하하하"라며 멋쩍게 웃었다. 속으로 '앞으로 저런 생각을 깨나가야 할 텐데 너도 참 힘들겠구나' 하고 생각했던 것 같다.

사실 내가 웃을 수 있었던 건 "여자가 무슨…"이라는 말을 한 상대가 나보다 한참 어린 조카였기 때문이었다. 조카는 "여자가 무슨…" 같은 말을 하더라도 실질적으로 내게 어떤 영향도 끼칠 수 없는 상대적 약자였다. 초등학생이 시비를 걸어도 어른이 그 일에 휘말려 싸우지 않는 것처럼, 그들이 게임에서 우리 엄마의 안부를 묻고 "죽여버린다"고 협박을 해도 전혀 위협적이지 않은 것처럼 그날 그 조카의 말 역시 내게 아무런 영향을 끼치지 않았기에 웃을 수 있었다. 실제 바둑 실력이 나보다 한참 못 할 거라는 생각도 있었고.

그런데 이런 말이 실제 내게 위협이 될 수 있는 사람 입에서 나오면 문제가 달라진다. “여자가 무슨 힘쓰는 일을 해”, “여자가 무슨 큰일을 한다고”, “여자가 무슨 그런 남자 같은 옷을 입고 다녀”, “여자가 왜 나서”, “여자가 무슨 공적인 자리에서 바지를 입어” 같은 말들은 누구의 입에서 나왔느냐에 따라 듣는 여성을 주눅 들게 할 수도, 여성의 의사 표현을 막을 수도, 여성을 억압하고 착취하는 수단으로 쓰일 수도 있다.

실제 나는 학교에 다닐 때 “장학사가 오는데 원피스가 낫느냐 바지 정장이 낫느냐”는 담임 선생님의 물음에 “바지가 낫다”고 대답했다가 혼이 난 일이 있다. 그 선생님은 내 말을 듣고 바지 정장을 입고 왔는데, 나중에 학생부장에게 그 일로 한 소리를 들었던 모양이다. 그때 담임이 내가 시켰다(?)고 했는지 뭔지 몰라도 나중에 학생부장이 나를 불렀다. 그러더니 “네가 너희 담임에게 바지 정장을 입으라고 했느냐”고 물었다. 나는 “그걸 입으라고 한 건 아니지만 바지 정장 입는 게 더 낫다고 한 적은 있다”고 대답했다. 그러자 학생부장은 “여자는 그런 중요한 자리에서 바지를 입는 게 아니다. 다시는 그런 소리 하지 말라”고 내게 주의를 줬다.

치마를 입고 바지를 입는 게 교사로서 그의 능력에 어떤 영향을 주는 건지는 지금도 이해하기 어려운 일이다. 능력에 영향을 주는 게 아니라면 여자가 중요한 자리에서 바지를 입는 건 예의가 아니라는 뜻일 텐데, 물론 그 역시 지금은 더욱더 받아들이기 어렵다.

왜 직업인이 능력이 아닌 복장으로 평가받고, 결과를 보여주기도 전에 "여자가 무슨…"이란 말을 들어야 하는가. 이런 사회를 용인하면서 어떻게 우리는 다음 세대에게 성 평등에 대해 가르칠 수 있겠는가. 여자라서 투표할 수 없고, 여자와 남자가 겸상할 수 없었던 날들과 여전히 여자는 운전하면 안 되고, 여자는 어릴 때 생식기를 도려내야 하며, 여자는 성직자가 될 수 없다고 하는 세상에 대해 생각하게 된다.

여자를 위한 수염은 없다

어느 날 동아리 선배가 내 얼굴을 유심히 쳐다보더니 말했다.

"너는 왜 수염을 안 깎아?"

나는 그 말이 당연히 농담인 줄 알았다. 웃음을 터뜨렸다. 하지만 그의 표정은 진지했다. 나는 "진심으로 하는 말이냐"고 물었고, 그는 고개를 끄덕였다.

"여자도 인중에 수염이 나잖아 조금씩. 다른 여자애들은 눈에 띈다 싶으면 다 깎던데 너는 왜 안 깎아?"

지금 생각해 보면 내가 부끄러워할 일이 아닌데도 그때 나는 부끄러워졌다. "아, 그렇게 눈에 띄는 줄 몰랐다"라고 대충 얼버무리고 화장실로 가 거울을 봤다. 처음으로 내 인중에 나 있는 수염을 인식했다.

그때부터 수염을 깎기 시작했다. 당시 근처에 생겼던 한 뷰티 제품 편집숍에 가서 '여성을 위한'이라고 쓰인 제모기 하나를 골랐다. 종아리에 난 굵은 털과 팔에 난 얇은 털, 인중 등에 난 솜털 등을 제거하는 세 가지 날이 있는 제품이었다. 아프지 않게 제모가 돼서 망가질 때까지 열심히 썼던 것 같다.

지금 나는 인중 제모를 별로 하지 않는다. 화장을 자주 하면 파운데이션을 말끔하게 바르기 위해서라도 하겠지만, 화장도 그다지 안 하는 편이라 굳이 코 밑에 난 수염까지 밀어야겠다는 생각은 하지 못하고 있다. 불편한 것도 없고, 이제는 내 눈에 미워 보이지도 않는다.

재미있는 건 내게 "왜 수염을 안 미느냐"고 지적했던 남자 선배는 털이 굉장히 많은 사람이었다는 것이다. 팔, 다리에는 털이 수북했고, 수염은 빳빳하고 두껍고 진한 검은색이라 아무리 잘 밀어도 눈에 띄었다. 만약 내가 그때 그 선배에게 "수염이 그렇게 눈에 띄는데 왜 레이저 시술을 받지 않느냐"고 했다면 그는 어떻게 반응했을까.

여자를 위한 수염은 없다는 사실을 새삼 느꼈던 또 한 가지 사건이 있다. 직장에 다니고 있을 때였는데, 어떤 여자 연예인이 와서 사진을 찍었다. 사진을 보정하던 사람이 나를 불렀다. 그는 내게 "이것 좀 보라"고 하면서 그 연예인의 인중 부분을 확대했다.

"얘는 사진 찍으러 오면서 제모도 안 했나 봐. 이거 지워주느라 죽겠어"라면서 그 남자는 웃었다. 다시 질문해 본다. 만약 그 사진을 찍은 사람이 남자였더라도, 그렇게 확대해서 보지 않으면 티도 안 나는 인중의 털을 확대하고 꼼꼼히 지워냈을까.

어느 날 지하철에서 긴 생머리의 학생을 본 적이 있다. 머리가 길고 치마 교복을 입고 있어서 당연히 여자라고 생각하면서 지나갔는데, 그러다 '정말 여자 맞나?'라는 생각에 뒤를 돌아봤다. 얼핏 지나가면서 본 그의 다리에 털이 수북했기 때문이다. 그 학생은 자연스럽게 다리를 꼬고 앉아 책을 보고 있었다.
'역시 여자가 맞구나' 재차 확인을 한 뒤 나는 다시 앞을 보고 걸었다. 순간 부끄러움이 찾아왔다. 내 인중의 수염을 보고 "면도 좀 하라"고 했던 사람과 내가 그다지 다르지 않은 편견을 가지고 있다는 생각에서다. 여자라면 반드시 털 없이 매끈한 다리를 가져야 한다는 생각. 그런 편협한 시선이 그 여학생을 지금까지 얼마나 자주 괴롭혔을지를 생각하니 마음이 무거워졌다.

실은 나 역시 털이 굉장히 많은 편이다. 나이가 들면서 팔에 나던 털은 눈에 띄게 흐릿해지고 숱도 적어졌는데 다리만큼은 여전하다. 한때는 나도 다리털을 밀지 않고 학교에 나갔다. 그러던 어느 날 한 동아리 선배가 내 다리를 보더니 "남자가 걸어오는 줄 알았다"고 했다. 또 어떤 선생님은 나를 "복숭아"라고 불렀다. 이유를 물으니 "털복숭이의 줄임말"이라는 설명이 뒤따랐다. 변명이라면 변명이겠지만 이런 일들은 쉽게 잊히지 않고 계속 머릿속을 맴돈다. 눈썹을 정리하는 칼을 들 때마다 "면도 좀 하라"는 선배의 말이 떠오르고, 짧은 바지를 고를 때마다 "복숭아"라며 실실 웃던 그 교사의 얼굴이 생각난다. 창피하게도 여전히 가끔 피를 보면서도 다리털을 민다.

잠재적 클럽 죽순이

내가 대학을 다닐 때는 '클럽 열풍'이 불던 시점이었다. 나이트와 클럽이 여전히 공존하면서도 그 중심축은 클럽으로 기울고 있었다. 유명 클럽 체인들이 생겨났고, 우리 학교 근처에도 새로운 클럽이 하나 문을 열었다.

지금껏 살면서 클럽에 가본 건 딱 한 번이다. 놀러 간 건 아니고 취재차 갔다. 나이트클럽도 딱 한 번 가 봤다. 지금은 한국에 없는 어떤 친구가 한동안 나이트에 빠져 있었는데, 그 친구가 자기 생일이니 제발 가자고 꼬셔서 마지못해 따라나선 게 유일하다.

나이트클럽에 갔던 날의 기억은 참 생생하다. 나이트클럽 같은 곳에 가리라곤 전혀 생각을 못 했기 때문에 나는 그날 무릎까지 내려오는 프릴 스커트에 단정한 카디건을 입고 있었다. 나이트에는 웨이터들이 여자들을 남자들이 있는 테이블로 끌고 가는 부킹 문화가 있었는데, 그 때문에 나는 몇몇 테이블로 끌려다녔다. 웨이터들은 내가 아무리 싫다고 해도 강제로 나를 끌어다 다른 테이블에 앉혔다. 나더러 나이트에 가자고 했던 친구는 춤을 추느라 정신이 없었다.

내 복장을 본 어떤 남자는 내게 "집을 나왔느냐"고 물었다. 또 다른 어떤 남자는 "비싼 술"이라면서 술을 한 잔 따라주고는 "집에 가기 힘들 것 같으면 오빠가 차로 태워다 줄까?"라고 했다. 어두컴컴한 조명과 내 의지대로 있을 수 없는 환경, 뭐라고 하는지 제대로 들리지도 않는 시끄러운 실내, 허세기 가득하고 무례한 남자들. 나는 그곳이 너무 싫었다.

친구를 설득해 빠져나온 건 오전 5시께였다. 친구는 미성년자처럼 보이는 남자들을 끌고 나오더니 또 다른 술집으로 가자고 했다. 친구를 끌고 구석으로 가서 "미성년자 아니냐"고 했더니 친구는 화장실을 좀 다녀오겠다면서 사라졌다. 친구는 끝내 돌아오지 않았고, 남은 남자들은 내게 화를 냈다. 나는 "내가 술 마시러 가자고 했냐. 왜 나한테 난리냐"면서 집에 가겠다고 했다. 그들은 집에 가겠다는 내게 "우리끼리 술 한 잔 더 하자"고 끈질기게 졸랐고, 나는 "어려 보이는데 집에 가서 자라. 부모님 걱정하시겠다"며 간신히 그들과 떨어졌다. 밝은 태양 빛을 쐬며 역으로 걸어가면서 나는 다시는 이런 곳에 오지 않으리라 다짐했다. 내 돈 내고 그렇게 기분 나쁘기는 처음이었다.

그로부터 몇 달쯤 지났을까 동아리방에서 어떤 선배가 내게 "진영이는 클럽 좋아하지?"라고 물었다. 나는 "싫어한다"고 대답했다. 엄밀히 '클럽'에 가본 적은 없으나, 나이트와 비슷비슷하지 않겠느냐는 게 그때 생각이었다. 무엇보다 나는 어둡고 밀폐된 곳을 싫어한다. 영화를 좋아하면서도 늦은 시간 영화관에 가는 걸 불편해하는 것도 이런 이유 때문이다. 어둠 속에 갇혀 있다는 생각은 날 불안하게 만들고, 영화를 다 보고 밖으로 나와도 어두우면 기분이 계속 침울해진다. 증상이 심각하진 않아서 다른 사람들에게 별로 말한 적은 없지만 스스로는 그렇다는 걸 알고 있었다.

그 선배는 내게 "클럽 자주 가냐. 몇 번이냐 가 봤느냐"고 물었다. 그러더니 내가 "가본 적 없다"고 하자 "가보지도 않고 좋은지 싫은지 어떻게 아느냐. 넌 좋아할 것"이라고 단언했다. 동아리방이었고 다른 사람들 앞에서 선배에게 대든다는 인상을 주고 싶진 않아서 나는 웃으며 "나이트클럽에 가봤는데 별로더라. 클럽도 갈 생각이 없다"고 대답했다. 클럽에 관심이 없다는 걸 대체 얼마나 더 분명하게 얘기해 줘야 하나. 그런데도 그는 "클럽은 다르다"면서 가보라고 권했다. 나는 "어둡고 큰 음악이 나오는 그런 곳에 가고 싶지 않다"고 재차 말했으나 그는 "아니야, 내가 사람 보는 눈이 있어. 넌 딱 봐도 클럽 죽순이야. 클럽 맛을 한 번 보면 미칠걸"이라고 했다. 동아리방에 있는 어떤 누구도 그에게 그 발언들이 부적절하다고 이야기하지 않았다.

나는 꽤 남자아이들과 잘 어울리는 편에 속했다. 적극적으로 남자아이들과 노는 건 아니었고, 자리에 함께 있으면 자연스럽게 어울렸다. 별로 남자, 여자를 가리지 않는 성격이었다. 여중, 여고를 나왔는데 아마 그 영향도 있었을 거라고 생각한다. 여자가 반장, 부반장을 하고 교탁을 옮기는 힘쓰는 일도 하는 환경에서 자란 나는 대학교에 2학년 즈음까지도 별로 성 역할을 구분 짓지 않고 살았으니까. 학창 시절 남자아이들과 적극적으로 만나고 다녔던 스타일도 아니라 이성을 '연애의 대상'이라고 규정하지도 않았다.

그래서 그런지 남자아이들도 나를 편하게 대했고, 가끔 남자아이들과 둘이서 밥이나 술을 하기도 했다. 아마 그런 점들이 누군가에게는 '개방적'이라고 보였던 게 아닐까. 대체 어떻게 생긴 게 '클럽 죽순이' 같이 생긴 걸까 고민한 끝에 내린 결론이다. 아마 나를 잠재적 클럽 죽순이 취급을 했던 그 선배는 평소 남자 친구들하고도 거리낌 없이 어울리는 나의 행실을 눈여겨 보고 있었던 것 같다.

우정을 썸으로, 친근감을 유혹으로 착각하는 사람들이 늘어날수록 나는 점점 여자인 친구들하고만 어울리게 됐다. 남자아이들과 스스럼없이 대화를 나누는 게 성적으로까지 개방적이란 신호로 보인다는 걸 '클럽 죽순이' 같은 표현을 들으며 계속해서 실감해나갔다. '죽순이'라는 표현은 '클러버'보다 한층 안 좋은 어감으로 들리지 않나.

정확히 내게서 어떤 면을 봤기에 '잠재적 클럽 죽순이'라고 생각하게 됐는지는 몰라도, 나는 그렇게 어떤 단면으로 규정될 수 있는 단순한 사람이 아니다. 비단 나뿐만 아니라 다른 모든 여성이 마찬가지일 것이다. 야한 걸 좋아하지만 삽입 섹스에는 관심이 없을 수도 있고, 음악을 좋아하지만 클럽에 가는 건 싫어할 수 있으며, 클럽에서 춤추는 건 좋아하지만 원나잇에는 흥미가 없을 수 있다. 또 술자리는 좋아하지만 술은 잘 못 마실 수도 있고, 남자와 단둘이 밥이나 술을 먹는다고 해서 호감이 있다는 표현은 아닐 수 있으며, 섹스에 대한 의지와 관련 없이 야한 속옷을 입을 수도 있다.

물론 이런 복잡한 면면들을 꼭 전부 이해할 필요는 없다. 사실상 그건 애초에 불가능한 일일 것이다. 하고 싶은 말은, 내가 무언가를 원하면 그것을 원한다고 직접 표현하겠다는 것이다. "싫어"는 결코 "좋아"의 선행 대사가 아니다. 싫다면 싫은 거고 원하지 않는다면 원하지 않는 것이다. 짧은 치마, 야한 속옷, 평소 행실 등을 토대로 누군가를 멋대로 규정하는 건 위험한 일이다. 문제는 대부분 그런 이상한 착각에서 발생한다.

쪽팔려서

내가 정말 이해하지 못하는 말이 있었다. 여자와 남자가 사귀면 꼭 두 사람은 성관계를 해야 한다는 것이었다. 좋아해서 만났으니 사랑하는 사람과 또 다른 활동을 해 보고 싶은 마음이 들 순 있겠지만, 그렇기 때문에 반드시 해야 하는 책임과 의무는 아니지 않은가. 분명히 세상에는 나처럼 성관계에 크게 관심이 없는 사람도 있을진대, 이런 이야기를 했다간 "혼전순결주의자야?", "종교 있어?" 같은 유쾌하지 않은 질문들을 들어야 하므로 어느 순간부터 입을 닫게 됐다.

재미있는 건 나는 어린 시절 '결혼 전에는 성관계를 갖지 말라'는 어른들의 가르침을 들으며 자라왔다는 것이다. 우리 엄마는 틈만 나면 내게 "네 몸은 네가 지키라"고 했다. 부모님이 살아온 시대는 우리 때와 달랐다. 특히 이런 성적인 부분에서는 그 차이가 극명했다.

아무튼 성인이 되기 몇 달 전쯤부터 "총각 딱지를 떼려는 남자들을 조심하라"는 말이 들려오기 시작했다. "남자가 총각 딱지를 떼지 못하고 성인이 되면 창피한 것"이기 때문에 대학교에 가기 전에 남학생들이 관계를 갖기 위해 혈안이 돼 있다고 했다. 그런 놈들에게 당하지(?) 않기 위해 조심해야 한다는 조언을 친구들에게 많이 들었다.
아무 여자나 성관계에 응해주는 게 아니기 때문에 총각 딱지를 전문으로 떼 주는 여자애들이 생겨났다는 말도 돌았다. 30살이 넘어 보니 10대 아이들이 이런 상황에 처해 있었다는 게 너무 끔찍하게 느껴지는데, 정작 그때는 그런 상황이 얼마나 부적절한 일인지 실감하지 못 했다. 진짜인지 가짜인지는 모르지만 총각 딱지를 떼 준다는 여자 아이의 실명이 돌았고, 그 애가 학원 옥상에서 남자애와 하는 걸 봤다더라는 카더라도 돌았다. 남자아이들이고 여자아이들이고 어느 순간부터 그 애를 불결하게 보기 시작했다. '걸레'라는 말을 쓰는 아이들도 있었다. 그때 생각했다. 몸 간수를 잘하라는 건 여자애들에게만 하는 얘기였구나. 남자애들에게 성관계는 오히려 장려되는데, 그것에 쉽게 응해 주는 여자에겐 낙인이 찍히는구나. 성관계를 쉽게 즐기기 위한 타깃을 찾는 사람의 이름은 잊히지만 타깃이 된 사람의 이름은 계속해서 거론되고 기억되는구나.

이런 이중잣대는 성관계를 자유롭게 할 나이가 되니 더 심해졌다. 나는 스무 살 이후로 서른까지 쭉 자취를 했는데, 내가 자취를 한다고 말하면 어떤 사람들은 "남자들이 좋아하겠다"고 했고, 또 어떤 사람들은 "이미지가 안 좋아질 수 있으니 자취한다는 말은 하지 말라"고 했다. 자취하는 여자가 남자를 만나면 백발백중 잤다고 생각하기 때문에 여자에게 불리하다는 말도 들었다. 사귀면 관계를 맺는 게 당연하다고 하면서도 그 사실을 여자는 숨겨야 하는 아이러니. "콘돔 없이 하자"거나 동의도 하지 않았는데 자자고 밀어붙이는 것도 아니고 그냥 내가 좋아하는 사람이랑 피임하고 성관계를 갖는 게 왜 문제인지, 그것도 왜 여자에게만 문제인지 이해할 수가 없었다.

더 황당한 건 사귀면 당연히 섹스를 해야 한다고 생각하는 남자들이었다. 지금까지 만난 남자들이 상처받을 수 있겠지만 태어나서 서른두 살이 된 지금까지 단 한 번도 현실 남자를 보고 성적으로 흥분한 적이 없다. 때문에 전희까지는 했어도 실제 그 행위까지 간 적은 없다. 사귀는 사이에 너무 성욕이 없어 보이면 상대가 민망할까봐 몇 번 연기를 해줬을 뿐이다. 성적 욕구를 해소하고 싶으면 스스로 하거나 남자 친구에게 만져 달라고 하면 되는데 굳이 삽입할 필요가 없다는 게 오랜 시간 내 생각이었다. 누군가는 이런 나를 보고 이기적이라고 생각할 수 있지만, 나 역시 물론 남자 친구의 만족을 위해 삽입 외에는 많은 것들을 해줬다.

그럼에도 불구하고 성생활에 불만이 있었다면 앞에서 이야기를 했으면 될 일인데, 정작 내 앞에서는 아무런 말도 하지 않으(못하)면서 밖에서는 센 척(?)을 한 남자가 있었다.

어느 날 만나던 남자가 내게 "친구들한테 너랑 잤다고 했어"라는 말을 툭 던졌다. 안 그래도 자취하는 여자에 대한 편견이 어쩌고저쩌고 귀에 딱지가 앉도록 듣고 있는 참인데 나에 대한 소문에 저놈이 기름칠을 했구나 싶어 화가 치밀었다.

"안 했잖아."
"안 했지."
"근데 왜 그랬어?"
"친구가 자꾸 너 사귈 때부터 잤냐고 물어보잖아. 자꾸 묻는 거 듣기 싫어서 지난번에 OO으로 여행 갔을 때 했다고 했어."
"왜 안 한 걸 했다고 해? 그럼 이제 사람들은 내가 너랑 잔줄 알겠네?"
"사귀는 사이에 내가 여자 친구랑 자지도 못 했다는 말 돌면 너한테도 그렇잖아. 쪽팔려서 그랬어."
"...???"

정말 괜찮은 남자였다. 헤어지고도 가끔 만나 영화도 보고 술도 마실 만큼. 머리도 좋고 성격도 좋은 편이고, 꼬이는 여자들한테 철벽도 잘 치고, 영화 같은 취미도 비슷해서 대화도 잘 통했다. 가끔씩 '내가 걔랑 왜 헤어졌을까', '결혼까지 했다면 우린 참 잘 맞지 않았을까'라는 생각을 헤어지고 몇 번 했을 정도다. 하지만 그럴 때마다 번개처럼 위 이야기가 스쳐 지나가고, 나는 고개를 젓게 된다.

나는 살면서 친구들에게 한 번도 "아직도 남자 친구랑 못 잤어?", "사귀는 건 맞냐?", "다른 여자 있는 거 아니야?"라는 식의 이야기를 들은 적이 없다. 내가 남자 친구와 자지 않았다는 사실이 창피한 적도 없다. 반대로 '내 몸을 내가 잘 지키고 있네'라며 자지 않은 나 스스로를 뿌듯해한 적도 없다. 사랑하는 사람과 하고 싶지 않은 행위를 하며, 그것을 참아내거나 좋은 척하는 게 싫었을 뿐이다. 그리고 그건 그에게 문제가 있어서도 나에게 문제가 있어서도 아닌, 그냥 우리가 맺은 관계의 한 형태였다. 상사가 부하직원의 여가 생활에 참견할 수 없고, 친구가 나의 연인 관계에 들어올 수 없듯이 연인이라고 해서 상대의 모든 것을 소유하고 이용할 순 없다. 어떤 관계든 합의되지 않은 선을 넘으면 안 된다. 그걸 넘는 건 칭찬받고 인정받을 일이 아니라 그냥 무례한 것이다. 나는 누군가가 정복해야 하는 대상도, 누군가의 트로피도 아니다.

한동안은 어린 시절 여자아이들에게만 가해지던 유독 가혹한 잣대 때문에 내가 비자발적으로 성관계에 관심을 두지 않게끔 된 게 아닌지 고민했던 적도 있다. 어린 시절 '총각 딱지 사건'으로 인해 '여자는 성적인 것에 관심을 두면 안 돼'라는 일종의 트라우마 같은 게 생긴 게 아닐까 한 것이다. 그런 부분이 전혀 없다고는 말 못 하겠지만, 다행히 그게 성관계를 하지 않는 이유의 전부는 아니다.

나는 성적으로 내가 원하는 게 무엇인지를 분명하게 알고 있고, 이를 존중하는 사람과 지금도 앞으로도 관계를 맺을 것이다. 성관계는 어떤 성이 다른 성에게 일방적으로 가진 것을 내어주는 게 아니라 양쪽이 원할 때 합의하에 하는 것이다. 내가 합의하지도 않은 섹스를 했다고 거짓말하는 것이야말로 쪽팔린 행위다. 그렇게 똑똑하고 만사에 지혜롭던 남자가 그 사실은 몰랐다는 게 씁쓸할 뿐이다.

시뻘건 눈깔

비록 사랑의 유효기간 내의 한때라고 해도 연인은 만나는 동안 만큼은 세상 누구보다 가깝고 친하고 믿을만한 사람이다. 내 사정을 속속들이 알고 있어서 무슨 일이 생겨도 굳이 애써 설명하지 않아도 되고, 내 기분과 처지를 가장 잘 이해해주고 보듬어준다.

그런 세상 누구보다 가까운 사람을 믿을 수 없게 되면 기분이 어떨까. 누구보다 믿어도 된다고 확신했던 사람에게 배신당했을 때, 그 충격은 다른 어떤 이들로부터 당한 배신보다 크게 느껴질 것이다.

안타깝게도 내겐 그런 일이 있었다.

내가 만났던 사람들은 대부분 대외적으로 이미지가 착했다. 물론 둘만 있을 때도 상냥하고 내 말을 많이 존중해주는 편이었다. 그 가운데서도 유독 착하고 웃기다는 평가를 받았던 사람이 있었다. 소위 말하는 남자들끼리의 뻘소리에도 그는 웬만하면 끼어들지 않았다. 친구들과 어울릴 땐 확실히 어울리더라도 그들이 잘못된 행동이나 발언을 하는 건 그냥 넘어가지 않는 편이었다. 착하고 웃기는 이미지 뒤에 나름 똑 부러지는 기준을 세워둔 사람이었다고나 할까.

그래서 더 믿음직스러웠던 것 같다. 그는 한 번도 나를 강압적으로 대한 적이 없었고, 그럴 생각도 없어 보였다. 나보다 훨씬 청결하고 음식 솜씨도 좋아서 그의 집에 놀러 가는 걸 나는 좋아했다.

한 번 '생각보다 순딩순딩하진 않나 보네'라고 생각했던 일이 있다. 그날도 어김없이 그의 집에 놀러 갔는데, 그가 야한 동영상을 보자고 제안했다. 그는 내가 종종 그런 영상들을 보는 걸 알고 있었다. 굳이 비밀은 아니었으니까.

그날이 아마 처음으로 누군가와 본격적으로 야한 동영상을 함께 본 날이었던 것 같다. 친구들끼리 우르르 19금 영화를 본 적은 있지만, 그럴 때도 나는 야한 장면이 나오면 뭔가 모르게 불편해서 괜히 화장실에 가거나 자리를 옮기곤 했다. 그날도 썩 내키지는 않았지만 그가 강렬하게 원하는 것 같아서 승낙을 했다. 그는 내게 어떤 스타일을 좋아하는지 물었고, 내가 스토리가 있었으면 좋겠다고 하자 어떤 영상을 하나 재생시켰다.

그가 재생한 건 백인들이 나오는 영화 같은 포르노였다. 초반에 약간 스토리가 있고 계속 성관계 장면이 이어졌다. 두 사람은 연인 내지 부부였는데 여자가 외출하고 들어온 뒤 갑자기 필이 꽂혀서 계속 하는 그런 내용이었다. 탄탄하지 못한 스토리보다 놀랐던 건 강도였다. 내가 생각했던 것보다 훨씬 더 다양한 장소에서, 훨씬 파격적인 자세로, 훨씬 강렬하게 두 사람은 섹스를 했다. 여자가 벽에 쿵쿵 부딪히는 소리가 리얼하게 들렸다. 나는 흥분하지도, 그 영상이 재미있게 느껴지지도 않았다. 도무지 내가 몰입할 수 없는 강압적인 형태였기 때문이다. 나는 그 어떤 순간에도 누군가의 힘으로 좌우되고 싶진 않은 사람이다.

내가 별 흥미를 못 느껴 하는 것 같자 그는 곧 영상을 껐다. 그래도 야한 동영상을 보며 노력한 게 있으니 그가 쌓인 걸 해소할 수 있게 적당히 도움을 줬던 것 같다.

그리고 며칠 뒤, 다시 그의 자취방에서 벌어진 일이다. 그가 좋아하던 걸 그룹 얘기였나 뭐였나 아무튼 우리와 별 상관없는 이야기를 몇 마디 주고받다가 침대에 누웠다. 장난을 치다 그가 나를 침대에 눕혔고, 그때까지만 해도 우린 웃고 있었다. 눈빛이 변한 건 순간이었다.

'갑자기 눈깔이 왜 저렇게 변했지?'라고 생각했다. 시뻘게진 것 같기도 하고, 그냥 동공에 광기가 들어찬 것 같기도 했다. 이걸 그림으로 표현한다면 아마 난 그의 검은 눈동자를 빨갛게 칠할 것이다. 그만큼 눈이 이상했다. 그러더니 그는 자신의 손으로 내 손목을 잡고 내리눌렀다.

"하자. 나 해야겠어."

그가 내 옷을 벗기기 시작했다. 난 싫다고 하며 발버둥 쳤지만 그는 멈추지 않았다.

"너 이거 강간이야. 알아?"

그가 잠시 멈칫했다. 눈물이 나왔다. 왜 눈물이 나왔는지는 모르겠다. 분노였는지 억울함 때문이었는지, 내 의지와 상관없이 벌어지는 상황에서 벗어나지 못 하고 있는 스스로가 무력해서였는지. 어쩌면 눈물이 그의 행위를 멈출 유일한 방법이라고 생각했는지도 모르겠다.

잠시 후 그의 눈동자가 정상으로 돌아왔다. 그는 연신 미안하다고 하며 말아 올렸던 내 치마를 내려주려고 했다. 나는 그 손길을 거부했다.

"엄마가 늘 내게 '네 몸은 네가 지켜야 해'라고 했었는데 난 그 말에 동의하지 않았어. 네가 있었으니까. 그런데 정말 날 지킬 건 나밖에 없다는 걸 잘 알게 됐어."

미안하다며 눈물을 흘리는 그를 두고 나는 집으로 돌아왔다. 형용할 수 없는 감정이 몰아쳤다.

여적여 같은 소리 하고 있네

2016년 12월 30일에 페이스북에다가 이런 글을 썼다.

"무슨 유정이 일가지고 여적여(여자의 적은 여자의 줄임말) 거리더라. 젊고 예쁘고 잘나가는 여자에 대한 질투래 ㅋㅋㅋㅋㅋ 애초에 난 그딴 게 무슨 태도 논란인가 싶고. 더불어 젊고 잘나가는 여자를 진짜 싫어하는 건 남자잖아. 여자가 그런 여자를 싫어한다면 그냥 질투고 귀여운 일인데 젊고 잘나가는 여자를 싫어하는 남자의 눈에선 혐오와 광기가 보임. 여적여 거리기 전에 너 자신을 좀 알라."

이 글을 썼을 당시 배우 김유정은 영화 시사회에서 딴짓을 했다는 내용의 태도 논란에 휘말려 있었다. 다른 배우들이 말을 할 때 다른 이야기를 하고 짝다리를 짚었다는 등의 내용이었는데, 이 일로 공개 사과문까지 냈던 것으로 기억한다. 돈과 시간을 들여 시사회장을 찾은 관객들에겐 언짢은 일이었을 수 있겠지만, 개인적으로는 김유정이 자신이 한 일에 비해 지나치게 크게 욕을 먹는 것 같다고 생각했다.

'여적여'라는 말이 아주 웃기는 것이, 기본적으로 여자들은 예쁜 여자를 좋아한다. 사회가 어릴 때부터 여성들에게 '예뻐야 한다'는 생각을 주입시키기 때문이다. 나이와 고향, 직업 등 모든 요소를 막론하고 여자들이 '꾸밈'에 대한 어느 정도의 욕구를 가지고 있는 건 다 이 때문이다. 여자들에게 예쁜 여자는 감탄과 동경의 대상이다.
여자들이 진짜 싫어하는 건 '예쁨'을 이용해서 지름길을 타는 여자들이다. 이 예쁨을 집안, 지연, 학연, 인맥, 돈이라고 바꿔보자. 누구라도 업무 외적인 요소를 이용해 업무에서 지름길을 타면 얄밉지 않겠는가. 남성이든 여성이든 간에 말이다.

김유정에 대한 글을 썼던 2016년이면 직장 생활을 만으로 4년은 했을 무렵이다. 이맘때쯤부터 나는 사내에서 포지션을 확실히 하고 있었다. '남자들에게 웃어주지 않는다'는 것이었다. 갈등을 일으키지 않기 위해 남자, 특히 남자 상사들에게 함부로 웃어 줬다간 나중에 반드시 후회할 일이 생긴다는 걸 여러 차례 경험했기 때문이다.

사실 그 이전까지 나는 스스로를 굉장히 사회생활을 잘하는 사람이라고 자부했다. 불쾌한 말을 듣거나 불편한 상황에 처해도 최대한 기분 나쁜 표시를 내지 않고 웃음으로 그 상황을 무마했다. 불쾌하고 괴상한 소리를 들어도 상대에게 말 한마디 제대로 못 했다는 뜻이다. 나는 그렇게 하면 사람들과 관계를 망치지 않으면서 직장 생활도 평탄하게 할 수 있을 거라고 믿었다.

그건 착각이었다. 나는 숨기며 살기엔 지나치게 일을 잘하는 사람이었다. 사실 난 일 뿐만 아니라 뭐든 대부분 금방 배우고 잘하는 편이다. 지금 생각해 보면 사람들은 늘 내게 "똑 부러져 보인다", "냉정할 것 같다"고 했는데 다 능력 때문인 것 같다. 실제 나는 사람들에게 모질게 하는 편이 못 됐는데도 늘 저런 말을 들었으니까 말이다.

드라마나 영화를 유심히 보면, 동서고금을 막론하고 능력이 뛰어난 여자는 '악마' 같은 취급을 받는다. 작품에서 회사의 보스가 여자일 때 그는 늘 부하직원들에게 까칠하게 굴고, 맞추기 까다로운 취향을 가졌으며, 말투도 재수 없다. 여자는 아무리 고분고분하게 굴고 선하게 행동해도 능력이 너무 좋으면 주변 사람 중에 위협감을 느끼고 견제하는 사람들이 생긴다. 그런 눈빛으로 바라보니 여자가 '악마'로 보일 수밖에 없다.

냉정하게 자신을 평가할 때 나는 나에게 너무 엄격한 사람이다. 다른 사람들에게 요구하는 것의 두 배, 세 배를 스스로에게 요구한다. 뭘 잘 알아도 남들이 아는 것만 못 할 거라는 생각에 안다고 말도 못 하곤 했다. 남들에게 피해를 주는 걸 병적으로 싫어하고, 뭘 하고도 했다고 생색도 잘 못 낸다.

그럼에도 불구하고 너무 많은 오해와 견제를 받다 보니 나는 점점 더 소심해졌고, 일부러 더 많이 웃게 됐다. 내 잘못이 아닌 일에도 "죄송하다"라고 하는 게 습관이 될 정도였다.

보통 아무리 못됐다는 평가를 듣는 여자 상사라도, 내가 이 정도까지 하면 괴롭히지 않았다. 정 내가 싫으면 무심하게 대하는 게 고작이었다. 하지만 남자 상사들은 달랐다. 그들은 내가 웃어 주는 만큼 더 무례해졌고, 거절하지 않을수록 더 곤란한 상황들을 만들었다. 예를 들어 "여자들은 말이 많아"라는 말을 내가 참으면, 그다음엔 "여자들은 뒤에서 말을 너무 옮겨. 아주 피곤해"라는 말을 들어야 했다. 어느 순간 그런 발언들은 내가 참을 수 없는 지경까지 이른다. 그럼 결국 나는 "그런 얘기는 하지 마시라"고 할 수밖에 없다. 더 이상 참을 수 없기 때문이다. 그러면 남자 상사들은 지금까지 헛소리를 지껄인 스스로를 반성하지 않고 "여자들 앞에선 무서워서 무슨 말을 못 하겠어"라고 한다. 내가 사회생활 못 하는 여자가 되는 건 순식간이다.

비단 이런 상황뿐만 아니다. 내가 만난 많은 남자 상사들은 내가 웃어주지 않는 순간 눈빛을 적대적으로 바꿨다. 나의 뛰어난 능력을 칭찬해 주다가도 나의 결과물이 본인들의 것보다 나아 보이면 깎아내리기 바빴다. 웃어주지 않기 시작하면 태도를 바꾸고 나에 대한 험담을 만들어냈던 건 모두 남자 상사들이었다. 보통 말을 만들려고 해도 어떤 근거를 가지고 만들어야 하는데, 남자 상사들이 만들어내는 악의적인 소문에는 근거도 없었다. 내가 하지 않은 말들이 내가 한 말로 둔갑해 있고, SNS 같은 공개적인 공간에서 저격을 당했으며, 내 가족에 대한 거짓을 지어내고, 뒤에서 정치질을 하고 내 평판을 깎아내리는 경우도 허다했다. "말을 안 듣는다", "통제가 안 된다", "싸가지없다" 등의 지극히 주관적이고 근거 없는 루머들이 '똑 부러진다'는 내 이미지와 함께 순풍을 만난 배처럼 퍼져나갔다.

적어도 나에게 적은 여자가 아니다. 능력 있는 내가 자신을 밀어 낼까봐 미리 선수 쳐서 정치질을 한 것도, 자신의 잘못을 나에게 뒤집어씌운 것도, 말 좀 맞춰달라고 해서 그렇게 해줬더니 나중에 일이 커지자 모르쇠로 일관한 것도, 소리를 지르고 폭언을 한 것도, 인신공격을 한 것도, 사생활을 캐묻고 원치 않는 사담에 날 끌어들인 것도, 그런데도 쓰러지지 않고 회사에 다니는 나를 두려워한 것도 모두 남자 상사들이었다. 모든 남자 상사들이 그랬다는 게 아니라, 내 평판을 훼손하고 모욕한 상사들은 모두 남자였다는 거다.

그놈의 '여적여' 프레임. 지겹다.

내가 거지냐

20대 초반에 만났던 남자 이야기다. 한 1년쯤 만나고 그는 군대에 가게 됐다. 자취를 하고 있던 그는 자신의 짐을 다 지방에 있는 집으로 보내는 게 부담이라면서 내게 몇몇 물건들을 맡겼다. 정확히 기억은 안 나는데 어머님이 아낀다는 컵도 있었고 티셔츠도 몇 장 있었고 식료품도 좀 있었던 것 같다.

그 당시 우리는 적금을 함께 들고 있었다. 외화를 사서 저금할 수 있는 상품이었던 걸로 기억한다. 우리가 모은 돈은 20만 원이 채 안 됐다. 17만 원 정도였나 그럴 것이다.

계속 좋은 관계를 유지할 수 있었으면 좋았겠지만 안타깝게도 우린 그가 입대한 뒤 6개월쯤 후에 헤어졌다. 나는 그의 부재를 느끼지 않기 위해 지나치게 많은 아르바이트와 동아리 활동을 했고, 그는 마침 그 시점에 근무하는 부서가 변경돼 스트레스를 많이 받았다. 전화로 날마다 싸우다 결국 내가 헤어지자고 했다.

몇 개월 뒤 그가 휴가를 나왔다. 좀 만나자고 하기에 나갔다. 나 역시 전화로 통보한 이별이 못내 찜찜했기 때문이다. 얼굴을 보고 제대로 이야기를 해야겠다 싶었다.

우린 그날 영화를 한 편 같이 봤고, 그는 날 집에 데려다줬다. 집에 거의 다 왔을 때 날 껴안고 "헤어졌다는 걸 받아들일 수 없다"고 하기에 "네가 받아들일 수 없어도 우린 헤어진 것"이라고 이야기했다. 나라고 마음이 안 아픈 건 아니었다. 묵직한 마음으로 다음 날 아침 현관문을 열었을 때 문 앞에는 애니메이션 영화 '월E'의 DVD가 있었다. '월E'는 내가 좋아하는 애니메이션 영화다. 아무런 말도 적혀 있지 않았지만 나는 그걸 사다 놓은 사람이 그라는 걸 알았다.

그때 내겐 만나는 사람이 있었다. 명백히 헤어지고 만난 거지만 그에게는 그 사실이 받아들여지지 않았던 것 같다. 어느 날부터인가 학교에서 내가 바람을 피웠다는 소문이 돌았다. 소문의 진원지가 예상 안 되는 바는 아니었다. 그래도 사실 거기까지는 그러려니 했다. 나라도 군대에서 이별을 통보받으면 받아들이기 힘들었을 거라고 생각했기 때문이다. 그런데 시간이 더 지나자 더욱더 나쁜 소문이 들려오기 시작했다. 내가 그의 돈을 떼어먹었다는 것이다.

그에게는 친하게 지내던 친구 셋이 있었다. 사귈 때 가끔 그 친구들과 나눈 이야기를 내게 하곤 했는데, 대부분이 여자 친구 이야기였다. 조금 더 디테일하게 말하자면 본인들 여자 친구의 성감대와 몸매 품평 같은 것들이었다. 그런 얘기를 내게 전할 때마다 나는 "너도 거기 가서 그런 이야기 하고 있는 것 아니냐"고 물었다. 그 친구들과 어울리는 게 싫었지만 그 때만 해도 너무 어렸던 나는 남자 친구의 친구 관계에 대해 왈가왈부하면 안 된다고 생각했다. 내가 걱정을 내비치면 내 남자 친구는 "그런 얘기 하면 나는 하지 말라고 한다. 미친X들이라 그런다. 나도 이해가 안 된다"고 하며 날 안심시켰다.

나에 대한 안 좋은 소문이 돌기 시작한 건 그 세 명의 친구 중 한 명이 제대를 하면서부터였다. 마지막으로 만나던 날, 그가 내게 "헤어졌다는 걸 못 받아들이겠다"고 하기 전에 나는 그에게 적금 통장 이야기를 했다. 워낙 소액인 데다 그가 입대하고 나서 더 건드리지 않았기 때문에 나도 한 동안 잊고 있었는데, 헤어지는 마당이니 깨끗하게 해야겠다고 생각했다. 나는 그에게 "아직 적금 해약을 못 했으니 해약해서 내가 반절을 너에게 보내도록 하겠다. 계좌번호를 달라"고 했는데, 그는 계속 "괜찮으니 너 쓰라"고 했다. "내가 너 선물 주는 거라고 생각해"라고도 했다. 나는 "네가 나한테 선물을 왜 주느냐. 그 돈을 내가 갖는 건 말이 안 된다고 본다"고 극구 사양했다. 그는 하지만 끝내 계좌번호를 주지 않았고, 나는 그에게 "다음에 휴가 나와서 이야기해 그럼. 그 돈을 같이 쓰자. 뭘 사 먹든지"라고 단단히 약속을 받아냈다. 이후 그에겐 어떤 연락도 없었고, 굳이 내가 먼저 연락하지도 않았다. 그가 제대한 뒤 17만 얼마의 반절인 9만 원쯤을 주면 되겠다고 생각했기 때문이다.

그러던 어느 날부터인가 날 이상하게 보는 사람들이 생겨나더니, 이윽고 나에 대한 소문이 내 귀에까지 들어오게 됐다. 내가 '전 남자 친구의 돈을 가지고 튀어서 바람까지 피운 도둑'이라는 내용이었다. 나는 너무 화가 나서 그에게 전화를 걸었다. 그 애는 의경이었는데, 선임들 가운데 휴대전화를 가진 사람들이 있어서 거기로 전화를 했던 걸로 기억한다.

"너 제대하면 아예 나 안 볼 거야?"
"그게 무슨 말이야?"
"헤어졌으니까 나랑 이제 말도 안 섞고 모르는 사람처럼 지낼 거냐고."
"왜 그러는데."
"내가 네 돈 가지고 튀었어?"
"…"

그는 입을 굳게 닫았고, 나는 그런 그를 보고 더 화가 났다. 누군가를 만나서 사랑에 빠진다는 게 얼마나 힘든 일인가. 비록 헤어졌다고 해도 나는 그를 좋은 사람이라고 여겼다. 상황이 좋지 않았고 서로 맞지 않았던 부분이 있었던 것일 뿐 이별했다고 해서 내가 사랑했던 그 사람 자체를 나쁘게 보고 싶진 않았다. 그런데 그의 입에서 시작돼 그의 친구 입을 통해 번진 나에 대한 악의적인 소문들은 나의 이런 바람을 와장창 깨트렸다. 헤어진 순간 갑자기 적이라도 된 것처럼 그는 나에 대해 없는 말을 지어내고 공격한 것이다. 그때 나는 진심으로 상처받았다.

"내가 네 돈을 가지고 튀었냐고."
"…"
"너 그 적금 얘기지. 내가 그 돈 너한테 주겠다고 계좌번호 부르라고 했어 안 했어. 네가 필요 없다며. 나보고 갖고 싶은 거 하나 사라며. 나는 그런데도 끝까지 너한테 그 돈 주겠다고 했지? 돈이 필요하면 휴가 나와서 달라고 했으면 되잖아. 그럼 줬을 거 아냐."
"…"
"내가 너한테 그 돈 주겠다고 했어, 안 했어?"
"했어."
"내가 네 돈 가지고 튀었어?"
"아니."
"근데 왜 다른 사람들에게 그렇게 말했어?"
"그냥 화가 나서 그렇게 말했어."

결국 그는 거짓말을 했다고 실토했다.
안타깝게도 그의 실토는 현실 세계에서의 내 생활에 아무런 영향도 끼치지 못했다. 사람들은 여전히 나를 전 남자 친구한테 돈 뺏어서 새 남자 친구 사귄 애로 생각하고 있었다.

"네가 수습해. 그거 네 친구가 낸 소문 맞지? 네 친구가 낸 소문을 내가 수습할 순 없잖아."
"걔가 왜 그렇게 소문을 냈는지 모르겠네… 하지 말라고 할게."
"너 나랑 이렇게 끝내고 싶니? 난 헤어졌어도 널 좋은 사람이라고 생각했어. 이렇게 할 수밖에 없었다니 진짜 유감이다. 그리고 다시 한번 정확하게 얘기할게. 난 너한테 헤어지자고 얘기를 분명히 했고, 그 후에 지금 남자 친구와 만났어. 헤어진 걸 못 받아들인 건 너야. 내가 바람을 피운 게 아니라."

그맘때쯤 얼마나 우울했는지 모르겠다. 좋은 헤어짐이란 없구나, 사람이 화가 나면 거짓말을 해서 다른 이들을 상처 입힐 수도 있는 거구나. 몰라도 됐을 세상의 가르침을 얻은 기분이었다.

제대 후 그와 나는 수업의 학생과 조교로 다시 만났다. 헤어진 지 한참 됐지만, 그가 내 명예를 훼손하고 루머를 퍼뜨렸지만, 그럼에도 불구하고 나는 그가 내게 줬던 군번줄을 버릴 수 없었다. 그는 그걸 주면서 내게 "이걸 준다는 건 내 목숨을 맡긴다는 뜻"이라고 했었다. 그 말이 계속 기억에 남아서, 그에게 그렇게 소중한 가치가 있는 물건을 함부로 버리고 싶지 않았다. 어머님이 아끼는 거라던 컵도 같이 돌려주려고 했다. 하지만 그는 끝끝내 그걸 받지 않았다.

어쩌면 나 혼자 너무 오래 마음을 썼던가 보다. 그걸 확인하고서도 여전히 컵과 군번줄을 못 버리고 있으니 나도 참 미련하다.

우리 사이에 왜 오빠가 끼어들어?

나는 바이섹슈얼이다. 뭐 그래서 어떤 대단한 이야기를 하려는 건 아니고 그냥 여자 친구를 만날 때 이야기를 하려고 한다.

나이를 먹을 만큼 먹었을 때 만난 여자 친구 이야기다. 그 친구도 나도 자신의 생활을 영위할 수 있을 정도의 돈은 벌고 있을 때다. 우리는 술도 자주 마셨고 드라이브도 다녔고 혼자 살던 내 집에서 같이 밤을 새우며 놀기도 하고 여행도 다녔다. 제 밥그릇은 알아서 챙기는 두 성인의 다양한 여가 활동을 참견하는 사람은 아무도 없었다.

아니, 적어도 겉으로는 그래 보였다.

홀어머니 아래서 혼자 큰 나는 북적거리는 집안의 분위기가 늘 부러웠다. 엄마, 아빠가 다 있는 것도 그렇지만 형제들이 많은 게 특히 부러웠다. 어릴 때는 많이 싸워도 결국 나이 들어 집안 대소사에 대한 고민을 나눌 수 있는 건 형제뿐이라는 걸 주위 친구들을 통해 자주 목격했기 때문이다.

그런 면에서 대가족이었던 그를 늘 나는 마음 한쪽으로 부러워했다. 가끔 집에 놀러 갈 때마다 느껴지는 복작복작한 분위기. '나도 저런 형제가 있었으면' 바랐다.

안타깝게도 그런 바람은 오래 가지 않았다. 우리의 데이트에 그의 오빠가 끼어들기 시작하면서부터다. 아, 실제 데이트에 그의 오빠가 동석했다는 뜻은 아니다. 끼어드는 방식은 아래와 같다.

"나 오늘 일찍 들어가야 해."
"왜?"
"엄마가 오늘 집에 안 계시거든."
"그런데?"
"오빠 밥 차려줘야 해."
"...??"

"점심에 집에 들렀다 나와야 할 것 같아."
"왜??"
"새언니가 병간호 때문에 병원에 있거든."
"그런데?"
"오빠 밥 차려줘야 해."
"...??"

그가 '오빠'라고 하니 분명 나나 내 여자 친구보다 나이가 많은, 그러니까 제 밥그릇 정도는 자기가 알아서 챙겨 먹을 수 있는 나이의 성인 아닌가. 그런데 늘 내 애인은 엄마가 없고 새언니도 없을 때면 집에 들어가서 오빠 밥을 챙겨줬다. 이런 일은 가끔 아버지에게도 적용됐다.

그래, 백번 양보해서 아버지는 그럴 수 있다고 치자. 연로했고, 지금껏 살림을 해 본 적도 없었을 테니. 그렇지만 오빠는 아니지 않은가. 그는 아직 젊고 심지어 결혼까지 한 몸이다. 그런 사람이 밥 한 그릇을 자기 손으로 차려 먹지 못한다고? 그래서 우리의 데이트의 흥이 깨지고, 나까지 피해를 입어야 한다고?

배달 음식을 많이 먹어서 '배달의 민족'이라는 농담을 할 만큼 우리나라엔 배달 시켜 먹을 수 있는 음식들이 참 많다. 대체 밥을 자기 스스로 차려 먹지도 못하고 배달도 시켜 먹지 못해서 여동생에게 와서 밥을 차리게 하는 남자는 어떤 생각으로 사는 걸까. 이건 그냥 의지가 없는 것이다. 그리고 그가 식사를 위해 스스로 손 하나 까딱하지 않아도 되는 환경을 만든 건 아마도 그의 가족, 나아가 사회라고 본다. 이 문제로 여자 친구와 참 많이 싸웠었는데 (알아서 좀 챙겨 먹으라고 해!! 라면서) 사실 어떻게 그게 여자 친구만 잘못해서 생긴 일이었을까. 그가 성인이 되기까지 엄마, 아빠 등 집안 식구들이 내 애인을 어떻게 취급하고 대했을지 짐작이 가기에 이제 와서 생각하면 그렇게 화를 냈던 게 미안해진다.

이런 아들, 딸 차별에 꽤 덤덤하게 굴었던 전 여자 친구도 딱 한 번 발끈하는 걸 본 적이 있다. 부모님이 오빠에게 자신보다 더 좋은 차를 사줬을 때다. 그의 부모님은 오빠에게 새 차를 사 주면서 그에겐 어머니가 쓰다 오빠에게 물려줬던 차를 타라고 했다. 그 사실에 빈정상해하던 그는 끈질긴 투쟁(?)과 설득 끝에 결국 새 차를 받아냈다.

그는 이 일에 대해 내게 이렇게 말했다.

"내가 이 차가 안좋아서 화가 나는 게 아니야. 나 혼자 쓰기에 이 차도 충분히 좋고 편리해. 그런데 오빠에겐 이것보다 더 좋은 차를 사줬기 때문에 화가 나는 거야."

그가 힘겹게 받아낸 새 차는 오빠의 것보다 더 저렴한 모델이었다. 그는 더는 투쟁하지 않았다.

"나는 솔직히 이 정도 차로도 만족해"라던 그의 말은 꼭 내게 노골적인 차별을 견디기 위한 자기 위안으로 들려 마음이 안좋았다. 비교당할 형제가 없다는 게 어쩌면 더 좋은 일이었나 자조적인 생각을 했던 기억도 난다. 아직도 그가 타던 차와 똑같은 기종과 색의 차를 보면 그때의 일이 생각나 괜히 씁쓸해진다.

탱크톱 입은 여자 친구

젠더리스 스타일을 지향하던 여자 친구의 이야기다.

요즘 흔히 '꾸밈 노동'이라는 말이 많이 쓰이고, 여성에게 강요되는 '꾸밈 노동'에서 벗어나겠다며 숏컷을 하는 여성들도 늘고 있다. 옷이 매너를 만든다는 말을 여기에 써도 되는 건진 모르겠지만, 걷기 힘든 하이힐과 짧은 치마를 벗어 던진 여성들은 그 어느 때보다 자유롭고 홀가분해 보인다.

이런 시류에서 비춰 보면 그 친구도 꾸밈 노동에서 해방된 것으로 보이겠지만 사실 그는 자신의 스타일이 확고한 사람이었다. 꾸밈의 방식이 사회가 흔히 '여성적'이라고 포장하는 형태가 아니었을 뿐 머리부터 발끝까지 신경을 쓰지 않은 날이 없었다. 다니는 헤어샵이 고정돼 있는 건 당연했다.

조금만 관심을 둬도 그 친구가 스타일 등 보여지는 것에 지대한 관심을 쏟고 있다는 건 쉽게 알 수 있었다. 늘 잘 정돈된 고급 브랜드의 가방, 평범한 듯하지만 실은 굉장히 핫한 새로운 모델의 청바지, 늘 고집하는 향수까지. 그의 스타일엔 그 어떤 '대충'도 없었다. 그런데 이상하게도 그 친구의 주변에 있던 많은 남자들은 자주 그에게 "꾸미라"고 이야기하곤 했다.

그 친구는 일반적인 브래지어를 하지 않았다. 여기서 일반적이라 함은 버클을 통해 입고 벗는, 앞 부분에 패드가 덧대어져 있는 형태를 말한다. 대신 그는 스포츠브라를 입었다. 브래지어 하는 것을 별로 좋아하지 않기는 나도 마찬가지였다. 때문에 집에 들어오면 늘 브래지어를 벗었다. 하지만 밖에서까지 그렇게 다니기는, 그 때만 해도 힘들었다. 혹시라도 브래지어를 하지 않고 나갔다가 그 사실을 들킬까 두려웠기 때문이다.

그 친구는 스포츠브라를 입을 때도 안에 들어 있는 패드를 제거했다. 일반적으로 스포츠브라는 아주 얇은 기능성 소재로 돼 있기 때문에 패드를 빼고 착용하면 티셔츠 바깥까지 유두가 보이기 쉽다. 그래서 나는 그 친구가 그렇게 입고 돌아다니는 게 너무 싫었다. 다른 남자들이 쳐다 보는 것 같았기 때문이다.

사실 잘못은 그 친구에게 있는 게 아니었다. 안타깝게도 그때 나는 그걸 몰랐다. 그래서 불편하다는 여자 친구에게 "아, 남들이 너 쳐다 보는 거 싫다고!"라며 목소리를 높였다. 늘 밖에 나가면 "꾸미고 좀 다녀", "여자처럼 좀 입어" 같은 말을 듣곤 하던 여자 친구였는데, 최소한 나 하나만이라도 그의 '탈브라'를 지지해 줬어야 했지 싶다.

조금의 변명을 하자면 그때 나는 너무 예민해져 있었다. 그 친구와 만나면서 발견한 주위 사람들의 새로운 면이 나를 노이로제에 걸리게 만들었다. 바로 '여성스러움'에 대한 강요다.

평생 살 한 번 크게 찌지 않고 40kg대를 유지하며 지낸 나는 어떻게 입고 돌아다녀도 "꾸미라"는 잔소리를 잘 들을 일이 없었다. 하지만 여자 친구는 달랐다. 통통한 체형에 어떻게 보면 초등학교 남자아이처럼도 보이는 생김새 탓인지 그 친구는 나랑 비슷하게 옷을 입고 나가도 늘 꾸미라는 말을 들었다. 그때 나는 내가 주위 사람들로부터 스타일링에 대한 간섭을 받지 않은 이유가 그들이 다른 사람들의 스타일을 넓은 시각에서 봐주기 때문이 아니라, 단지 내 체형이 그들이 생각하는 '여성스러움'에 부합하기 때문이라는 사실을 깨달았다. 내 연인에게 자신이 생각하는 특정한 여성상을 강요하는 행태는 나를 정말 미치게 만들었다.

특히 남성들이 그런 강요를 할 때면 순간 눈앞이 보이지 않을 정도로 화가 났다. 그들의 발언이 때로 성희롱의 경계를 넘나들었기 때문이다. 예를 들어 사람들은 내가 있는 앞에서 여자 친구에게 결혼을 언제 할 건지를 물었다. (물론 우리가 커밍아웃을 한 상태는 아니었지만, 타인의 성적 지향성을 멋대로 단정하고 발언하는 건 무척 무례한 일이다.) 사실 결혼 질문이야 우리 사회에서 워낙 많이 하는 것이라 거기까지만 해도 그러려니 했을 텐데, 여기에 한술 더 떠서 "네가 웨딩드레스 입는 걸 보고 싶어"라고 하는 사람들이 있다는 게 문제였다. 어떤 사람들은 "제발 치마 한 번만 입고 오면 안 돼?"라고 부탁 아닌 부탁을 하기도 했다. 이런 발언들을 들으며 그들이 내 여자 친구를 하나의 존중 받아야 할 인격체로 대우하고 있다는 생각을 하긴 어려웠다.

지금까지도 떠올리면 화가 나는 발언은 '탱크톱'에 대한 것이다. 탱크톱은 러닝셔츠 형태의 민소매 겉옷이다. 블라우스, 셔츠 등 다른 상의들과 비교하면 노출이 꽤 있는 편이다. 어느 날 나이가 우리보다 많았던 한 남성이 내 여자 친구에게 이런 말을 했다.

"지난번에 애들이랑 얘기했는데, 너도 치마 입으면 되게 예쁠 것 같은데. 탱크톱 같은 거 딱 입고 말이야, 응? 너 탱크톱에 흰색 치마 딱 입은 거를 내가 언젠가 한 번 봐야 하는데."

평생을 이런 저급한 평가와 헛소리들에 시달렸을 그 친구는 그냥 허허- 웃으며 그 상황을 넘겼다. 좀처럼 다른 사람들에게 얼굴 붉힐 줄 모르는 성정 때문이기도 했을 것이고, 여기서 반발해봤자 결과적으로 득이 될 게 없더라는 경험적 깨달음 때문이었을 수도 있다.
하지만 난 다르지 않은가. 나라도 나서서 "이런 부적절한 발언은 하지 말라"고 해야 했던 게 아닐까. 커밍아웃도 하지 않은 상황에서 괜한 오해를 받을까 싶어 나는 결국 그날 어떤 대응도 하지 못했다. 그렇게 분한 기분이 든 건 그때가 처음이었다.

그날 저녁, 사람이 드문 동산에서 얼마나 소리를 질렀는지 모른다. 사랑하는 사람을 지켜주지 못했다는, 그리고 이런 일이 앞으로 계속해서 반복될 거라는 두려움에 질식해 버릴 것 같았다. 벤치를 아무리 발로 차고 주먹으로 때려도 답답한 속이 뚫리지 않았다.

여자 친구의 브래지어를 단속했던 것은 아마 이런 답답함의 발로였던 게 아닐까 싶다. 내 여자 친구를 호기심의 대상으로, 신기하다는 듯 바라보는 사람들의 시선을 막아 줄 수 없던 내가 할 수 있는 거라곤 고작 여자 친구를 단속하는 것뿐이라고 생각했던 것이다. 후회해도 늦었지만, 지금까지도 우리 관계에서 이것만큼은 그 친구에게 진심으로 미안하게 생각한다.

몰래 카메라

흔히 '야동'이라고 하는 야한 영상을 좋아했다. 성에 눈을 뜨게 되는 2차 성징, 나도 다른 애들과 다를 바 없이 호기심 천국이 됐고, 임신은 어떻게 하는지, 섹스는 어떻게 하는지 그런 것들이 궁금해 책을 찾아봤다. TV에서 해주는 영화들에서 조금이라도 야한 장면이 나오면 상상력이 활개를 쳤고, 이런 영화 비디오를 잘 입수하는 친구 덕에 몇 편 보기도 했다. 그러면서 슬슬 취향이라는 것도 생겼다.

영상을 고르는 기준은 확실했다. 성기가 지나치게 확대되는 장면이 삽입된 건 싫었고, 맥락 없이 해대기만 하는 영상도 별로였다. 무엇보다 돈을 지불하고 정식으로 구입할 수 있는 루트를 찾았다.

어느 날 친구와 야동에 관해서 이야기하는데 그 친구가 '모텔 영상'이라는 걸 언급했다. 그 친구도 나처럼 가끔 영상을 찾아보는 라이트 유저라서 '모텔 영상'이라는 걸 이제야 알게 돼 충격을 받았다는 얘기였다. 그 친구가 말한 '모텔 영상'이란 실제 모텔에 몰래카메라를 설치해 찍은 불법 촬영 영상이었다. "설마 어떻게 그런 영상이 유포되겠어"라는 말이 나올 만큼 쉽게 믿어지지 않는 일이었다. 그때까지 내가 아는 '야동'은 전문 배우가 찍은 영화 같은 영상이 전부였다.

친구에게 그런 이야기를 듣고서도 몰래카메라는 모텔에만 있는 것이라고 단순하게 생각했다. 이렇게 사람이란 직접 겪기 전까지는 문제가 얼마나 심각한지 잘 느끼지 못하는 존재인가 보다.

대학원에 다니던 어느 날, 복도에서 웅성웅성하는 시끄러운 소리가 들렸다. 연구실이 있던 건물 4층에는 연구실과 과사무실, 사무실, 대학원생 아니면 잘 사용하지 않는 낡은 강의실들만 있었기에 웬만해서 시끄러울 일이 없었다. 이상한 분위기에 복도로 나갔는데 사람들 몇이 몰려 있었다. 마침 아는 얼굴이 있기에 무슨 일이냐고 물었다. 근심 어린 표정으로 그가 답했다.

"여자 화장실에 몰래카메라가 있었대요."

말이 끝나기가 무섭게 화장실에서 경찰 두 명이 나왔다. 식은땀이 흘렀다.

'내가 언제 용변을 봤더라…'

"다행히 우리 연구실에 가까운 데서 나온 건 아니고, 별관 화장실에서 나온 거래요. 일단 한 군데서 몰래카메라가 나왔기 때문에 지금 이 건물을 전체적으로 다 조사를 하나 봐요."

순간 가슴을 쓸어내리면서도 올라오는 미묘한 죄책감.

'내가 피해자가 아닐 거라는 사실에 안도하다니… 분명 지금 누군가는 조금 전의 나처럼 언제 화장실을 갔는지 생각하면서 초조해하고 있을 텐데.'

속이 쓰렸다.

물론 나는 죄가 없다. 여기서 죄책감을 느껴야 하는 유일한 사람은 화장실에 카메라를 설치해 사람들이 용변을 보는 순간을 찍고 유포하려고 했던 그 범죄자뿐이다. 그럼에도 나는 며칠 동안이나 그날의 일에 대해서 생각했다. 내 눈앞에서 직접 벌어지기 전까지 남 일이라고만 여겼던 나의 무심함과 어리숙함을 탓하며.

그제야 왜 공중화장실 벽에 난 구멍마다 돌돌 말린 휴지가 틀어박혀 있었는지, 왜 밖에서는 웬만하면 용변을 보지 않는다는 여성들이 있는 건지, 왜 남녀 공용 화장실이 있는 곳을 싫다고 하는 여성들이 있는 건지 알게 됐다. 후에 범인이 잡혔다고 들었는데 학교를 방문한 외부인이었던 걸로 기억한다. 남자였다. 사람들이 많이 오가지 않는 건물의 화장실이라 비교적 용이하게 카메라를 설치할 수 있었던 것으로 추측된다.

그 후로 나 역시 외부 화장실을 마음 편히 이용하지 못 하게 됐다. 가끔 모텔에 가면 빨간불이 반짝이고 있지는 않은지 살피고, 화장실에서는 이상한 주소의 와이파이가 뜨진 않는지 검색해 본다. 셀로판지로 카메라를 식별할 방법이 있다고 해서 고등학교 졸업 후 아주 오랜만에 문방구에 가보기도 했다. 이제는 어딘가에 랜덤으로 설치된 그 카메라가 나만은 피해갈 수 있을 거라고 믿을 수 없게 됐기 때문이다.

오토바이 추행범

대학교에 다닐 때 몇 달 동안 성신여대 근처에서 살았다. 우리 학교는 서울 캠퍼스 내에 기숙사가 없어서 인근 지역들에 있는 원룸을 학교에서 임대해 학생들에게 보다 저렴한 가격으로 빌려줬다. 내가 사용하게 된 방이 성신여대 근처에 있었다.

성신여대는 서울 지역 대부분 대학교가 그렇듯 번화가와 가깝다. 지하철 4호선 성신여대 입구역에서 내리면 밝고 왁자지껄한 로데오 거리가 나온다. 그 길을 쭉 따라 올라가야 내가 살던 방으로 갈 수 있었다.

문제는 밝고 환한 길이 끝나고 난 뒤다. 로데오 거리 끝에는 갖가지 맛의 크림을 갖춘 와플 가게가 있었다. 그 가게는 내게 일종의 '번화가는 끝났어'라는 신호였다. 그 가게를 기점으로 골목길에 들어가서 5분~10분여 정도를 걸으면 원룸 도착이다.

밤길 조심하세요
여학생 분들 밤길 다닐 때 꼭 이어폰 빼고 다니세요.
요즘 이 근방에서 오토바이 추행범에게 피해를 입었다는 여학생들의 사례가 늘고 있습니다.
저 역시 얼마 전에 추행 피해를 입었습니다.
수법은 단순합니다.
오토바이를 타고 지나가다 범죄 타깃을 발견하면 뒤에서 속도를 줄여 따라오다가 등 부분을 만진 뒤 다시 속도를 내서 도망갑니다.
이어폰을 착용하고 있으면 뒤에서 다가오는 소리가 들리지 않아 피해를 입을 확률이 높습니다. 밤길 다닐 땐 꼭 이어폰을 빼시고 주위를 잘 살피면서 다니세요. 혹시 피해를 입으시면 사진 촬영 해서 신고 꼭 부탁드립니다.

집으로 가는 길, 한 전봇대에 못 보던 전단이 붙어 있었다. 내용을 살펴보니 오토바이를 타고 다니는 성추행범에게 피해를 당한 여성이 쓴 경고문이었다. 피해 사례가 늘고 있다는 말에 놀라긴 했지만, 처음 저 전단을 봤을 때만 해도 '설마 저런 일이 내게 벌어지겠어'라는 생각이 컸다. 여러 일을 겪었음에도 20대 초반의 나는 여전히 이런 면에선 긍정적이었다. 내가 범죄에 취약한 약자라는 걸 이해하긴 너무 어렸던 것 같다.

전단을 읽고 며칠 뒤의 일이다. 며칠째 같은 자리에 있는 전단에 그다지 눈길도 가지 않았을 무렵, 나는 여지없이 저녁을 먹고 느지막이 귀가하고 있었다. 학교에서 원룸까지 지하철이나 버스를 타고 이동해야 하는 거리였기 때문에 저녁만 먹고 출발해도 골목길에 접어들쯤이면 주위가 꽤 어둑했다.

이미 잘 아는 익숙한 길. 잰걸음으로 집으로 향했다. 귀에는 이어폰이 꽂혀 있었다.

그때, 이상한 기운이 느껴지는가 싶더니 곧 등이 싸해졌다. 아주 뭉툭한 무언가가 나를 문대면서 미는 것 같은 느낌이 들었다. 너무 놀라 그 자리에 우뚝 섰다. 부웅- 오토바이 한 대가 내 옆을 지나 앞으로 멀어져 갔다. 내 엉덩이 윗부분부터 등 중간 부분까지를 쓸었을 장갑 낀 손이 오토바이 핸들을 잡는 걸 멍하게 바라봤다. 그때의 그 무기력함이란…

먼저 당한 사람이 그렇게 경고하고, 당하면 사진이라도 남겨 줄 것을 요청했건만. 나는 그 경고를 무시했고, 사진도 찍지 못 했다. 어이없고 범행 수법이 웃기다 못해 귀엽다는 생각까지 들면서도 동시에 내 몸 하나도 지키지 못했다는 자괴감이 몰아쳤다. 자리에 주저 앉아 울고 싶은 마음을 간신히 추스르고 집으로 터덜터덜 걸어 들어왔던 기억이 난다.

그제야 그 전단을 붙인 이의 마음이 깊게 전해졌다. 얼마나 억울했으면, 또 얼마나 추가 범행을 막고 싶었으면 저렇게 직접 전단을 써서 길 구석구석에 붙여뒀던 걸까. 저 전단을 붙이면서 그는 어떤 생각을 했을까. 내 몸은 아무나 만지라고 있는 것이 아닌데, 왜 이런 당연한 일도 보장받지 못해야 하나. 눈물이 줄줄 났다.

다시 며칠 뒤 그 전단은 사라졌다. 누군가 떼었을 수도 있겠지만, 아마 붙인 사람이 스스로 수거한 게 아닐까, 그랬으면 좋겠다 생각했다. 그 전단 덕에 오토바이 추행범이 잡힌 거라면, 그래서 떼어진 거라면 정말 좋겠다고. 혹은 그게 아니더라도, 그 전단 덕에 밤길을 홀로 걷는 이들의 경계가 높아져서 그 추행범이 범죄 타깃을 찾지 못해 사라진 것이었다면 좋겠다.

택시 납치 사건

무슨 일 때문인지는 기억나지 않지만 어쨌든 남자 친구와 싸워서 연락을 안 하고 있는 날이었다. 그때 나는 학교에서 4정거장쯤 떨어진 곳에서 손톱 모델 아르바이트를 했다. 역 수는 얼마 되지 않지만 환승이 복잡해서 주로 버스를 타고 다녔다. 그때만 해도 지금처럼 버스가 언제 오는지 이런 것들이 잘 표시되지 않아 하염없이 길에서 버스를 기다릴 때가 많았다.

싸우지 않았을 때는 그래서 남자 친구가 자주 날 데리러 왔다. 그와 나 둘 다 학교 근처에서 자취했기 때문에 집이 지척이었다. 아르바이트하는 건물 앞에서 만나서 집까지 오는 그 과정도 우리에겐 일종의 데이트였다.

싸움을 벌였던 그 날은, 당연한 얘기겠지만 남자 친구가 오지 않았다. 버스를 기다리는데 생각보다 오래 걸렸다. 싸움하는 날은 대개 그렇듯이 정신적으로도 많이 피곤해서 얼른 집에 들어가서 쉬고 싶었다. 아르바이트를 끝내고 나오면 보통 늦은 밤이었는데, 조금 더 지체하면 거리에 취객들이 몰려나올 것 같았다. 큰마음 먹고 택시를 탔다.

거리상으로는 가깝지만 뻥뻥 뚫리는 길은 아니라 택시 기사와 이런저런 이야기를 많이 나눌 수 있었다. 우리 학교 근처는 번화가라 늦게까지 술을 마시는 젊은이들이 많았다. 기사는 처음 내게 "친구들을 만나러 가느냐"고 물었다.

별로 이상한 질문도 아니고 원래도 택시를 타면 이런저런 걸 묻는 기사님들이 꽤 있었기에 별다른 생각 없이 "집에 간다"고 했다. 기사는 "자취하나 보다. 친구들과 같이 사느냐"고 또 물었다. 지금 생각해 보면 이쯤에선 경계해도 될 것 같은데 역시 세상 물정 몰랐던 나는 순진하게도 "혼자 산다"고 답하고 말았다. 기사는 "친구들하고 사는 것도 아니구나" 같은 말을 혼자서 웅얼웅얼했다.

남자 친구에게 언제쯤 연락을 해 볼까 아마 그런 생각을 하고 있었을지도 모르겠다. 창밖을 보며 딴생각을 하는데 이상한 시선이 느껴졌다. 기사는 백미러로 나를 보고 있었다. 눈이 마주쳤다. 나를 빤히 보던 그는 "물도 비싼 걸 마시네"라고 말했다. 그때 내가 들고 있던 물은 500ml짜리 한 병에 3,000원 정도 하는 나름 비싼 것이긴 했다. 기분 나쁜 날엔 이런 허세를 부리면서 감정을 채우곤 했던 것 같다.

기사에게 그런 말까지 들으니 기분이 싸해졌다. “아, 별로 비싼 거 아닌데… 하하…”라고 하면서 가는 길을 똑바로 살폈다. ‘정신 똑바로 차려야겠다’는 경계본능이 그제야 발동했다.

다행히 목적지까지는 정석 루트대로 가는 듯했다. 그 당시 보통 내가 내려달라고 하는 지점은 정석 루트대로 하면 막판에 유턴을 해야 했다. 내가 별말을 안 하면 기사님들은 알아서 유턴 신호를 받을 수 있는 차선으로 차를 몰고 갔다. 하지만 복잡한 길에서 굳이 유턴까지 해달라고하는 게 미안해서 나는 목적지에 도착하기 조금 전에 있는 횡단보도에서 내려 길을 건너곤 했다. 그날도 그럴 생각이었다.

횡단보도가 보이기에 기사에게 “저기 저 횡단보도에서 세워주세요”라고 했다. 기사는 대답하지 않았다. 초조한 마음이 들었다. 아무 말 없이 앞만 보며 운전하는 기사에게 나는 다시 한번 “저 앞 횡단보도에서 내릴게요”라고 했다. 역시 그는 대답하지 않았다. 숨이 막히고 머리에 쥐가 나는 것 같은 그 기분, 아마 겪어보지 않은 사람은 모를 것이다.

예상했겠지만 기사는 횡단보도에 차를 세우지 않았다. 오히려 내가 세워달라고 한 지점부터 속도를 더 내기 시작했다.

‘납치구나.’

상황 판단이 되자 두려움이 엄습했다.

어릴 때 종종 친구들과 택시에서 납치가 되면 어떻게 할 거냐는 이야기를 나누곤 했다. 워낙 여자들이 택시를 타고 가다 납치가 됐다느니, 강간을 당했다느니 하는 뉴스가 많이 나오니 하는 이야기였다. 필사적으로 도망가겠다는 아이도 있었고, 정신을 놓을 것 같다고 하는 아이도 있었다. 나는 적극적으로 그의 요구 조건에 응하겠다고 했다. 원하는대로 해 줘야 살려서 보내줄 것 같다고 생각한 것이다.

막상 납치될 상황에 처하게 되니 저런 이야기와 내적 결심은 모두 무의미해졌다. 아무런 생각도 나지 않고 무섭기만 했다. 나는 소리를 지르기 시작했다.

"내려주세요!! 세워주세요!!! 왜 안 세워주세요!!!"

여전히 묵묵부답인 기사. 야속하게 평소에는 잘만 걸리던 빨간 불도 걸리지 않았다. 택시는 질주를 계속했다.

"저 친구 만나기로 했단 말이에요. 빨리 세워주세요!!!"

그러자 택시 기사는 살짝 웃으며 말했다.

"너 친구 안 만난다며. 혼자 사는 집에 간다며."

아무 의심도 없이 묻는 말에 솔직하게 넙죽넙죽 대답했던 내 자신이 그때 얼마나 원망스러웠는지 모른다. 의심하고 또 의심했어야 하는데. 이 사람에게 범죄 동기를 제공해 준 건 나구나 싶고 눈앞이 캄캄했다. 그래도 계속 내려달라고 요구해야 했다. 그때 내가 그 악몽에서 탈출할 방법은 오직 그의 자비(?)뿐이었으니까.

"남자 친구가 데리러 나오기로 했어요. 횡단보도에 서 있었어요. 남자 친구가 절 봤어요. 눈 마주쳤어요!!"

얼마나 다급했던지 제 방 안에 있었을 남자 친구까지 소환했다. 다행히 그 말은 그럼직하게 들렸는지 택시 기사가 차의 속도를 조금씩 줄이기 시작했다. 내려달라고 한 목적지는 이미 한참 지난 상황. 택시 기사는 캄캄한 거리 한복판에 차를 세웠다. 그도, 나도 아무 말을 하지 않았다. 황급히 택시에서 내려 남자 친구에게 전화를 걸었다.

"나 납치당할 뻔했어"라며 엉엉 울었다.

남자 친구가 데리러 오지 않으면 이런 꼴이나 당하다니. 그 애도 싸워서 마음 정리할 시간이 필요할 텐데 이런 일로 전화해서 울고 있다니. 내가 얼마나 무력한지 실감되던 날이었다.

이때의 기억은 너무 강렬해서 나는 이후로 한동안 택시를 타지 못했다. 그리고 이젠 어떤 택시를 타더라도 내 신변에 대해 지나치게 자세한 정보를 제공하지 않게 됐다. 특히 혼자 산다거나, 어두운 골목길 안에 집이 있다든가 하는 내용은 더더욱.

이런 일이 정말 백 명 중 한 명이 겪을까 말까 한 일이라고 생각했던 나는 몇 년이 지난 뒤부터 간혹 이 이야기를 다른 사람들에게 하곤 했다. 조심하라는 의미에서다. 그러면서 놀랐던 건 여자인 지인들 가운데 상당수는 나와 비슷한 경험을 했거나 그런 경험을 한 사람을 알고 있다는 사실이었다. 노골적으로 "나랑 술 한잔 더 하고 가자"면서 택시 기사가 이상한 곳으로 차를 몰아 온 가족이 밤늦게 거리로 차를 끌고 나왔다는 이야기는 들으면서 소름이 돋을 정도였다.

안타까운 건 이 일을 겪은 당사자는 정작 경찰에 신고하지 못 했다는 사실이다. 그 택시 기사가 집 주소를 알고 있기에 경찰에 신고했다가 보복이라도 당할까 봐 무서웠다고 한다. 사회의 정의 구현에 힘쓰지 않았다고 나무랄 수 없었다. 나 역시 이 책을 쓰기로 하고 목차를 정리하며 머릿속을 스쳐 간 많은 택시 기사들의 이야기를 제외해야 했다. 물론 앞선 여성과 같은 이유에서다. 두렵다.

짧은 치마

서울에서 십여 년 자취 생활을 하면서 참 이곳 저곳을 많이 다녔다. 자취 생활 말미에 잠깐 거주했던 지역 이야기다.

그 지역은 모텔촌으로 유명했다. 밤이면 저 멀리서 휘황찬란한 빛을 뿜어내는 모텔들의 풍경이 보이곤 했다. 근처에 터미널이 있었는데 아마 그 영향이 아닐까 싶다. 또 한 가지 발달한 건 방석집이었다.

방석집을 안건 20대 초중반인데, 그때 알고 지냈던 한 언니가 방석집엘 가봤다고 했다. 이유는 그냥 혼자 술 마시기 싫어서. 그 언니도 방석집이 뭔지 정확히 모르고 갔다는데, 가보니 이런 곳이더라 하면서 실감 나게 이야기를 해 줬다. 그 언니가 묘사하는 가게 안의 분위기가 내게는 썩 매력적이지 않아서, 방석집은 내게 그다지 좋은 인상은 아니었다.

방석집 네, 다섯 곳이 띄엄띄엄 있는 길. 내가 살던 집은 그 길의 건너편이었다. 집 대문으로 나와서 2분만 걸으면 건너편에 방석집이 보였다. 아는 사람은 알겠지만 방석집은 일반적인 술집과 달라서 밤이 돼도 화려하게 불을 밝히지 않는다. 창문도 모두 스티커로 막혀 있어서 문을 연 건지 닫은 건지 알 수가 없다. 내가 살던 곳 일대는 방석집 외엔 별다른 상업시설이 없어 밤이 되면 그 인근은 무척 어두웠다.

저녁에 집에 있다가 뭘 사러 나갔다 오는 길이었나 했을 것이다. 집에서 막 나온 터라 원피스 하나만 입고 있었다. 한 300m만 걸으면 집에 도착할 수 있었는데, 그때 뒤에서 이상한 기운이 느껴졌다. 텅 빈 거리에서 울리는 또 다른 발걸음과 따가운 시선. 뒤를 돌아봤더니 어떤 노년에 가까운 남자가 날 따라오고 있었다.

처음 봤을 땐 '따라오는 건가?' 했는데, 곧 '따라오는 게 맞구나' 확신을 했다. 내가 속도를 높이니 그도 속도를 높였기 때문이다. 점점 그와 가까워지자 나는 무서워 집으로 뛰었다. 내가 살던 집은 2층짜리 주택이었는데, 대문의 잠금장치는 있으나 마나 한 것이었다. 열쇠 같은 게 따로 없고 여는 방법만 알면 누구나 열 수 있는 그런 형태였기 때문이다. 대문을 닫고 내 방이 있는 2층으로 올라오는데 그 남자가 날 따라 마당으로 들어왔다. 집 안에 들어가기 전에 잡힐지도 모른다는 두려움에 난 또 현관문을 열지 못하고 얼어버렸다.

다행히 집 안에는 그때 같이 살던 언니들이 있었다. 한 언니가 베란다를 통해 그 남자를 본 모양이었다. "지금 뭐 하는 거냐"고 소리를 쳤다. 그 남자는 마당에 떡 버티고 서서 언니의 말을 되받아쳤는데, 발음이 안 좋아서 뭐라고 하는지 들리지 않았다. 그사이 다른 언니가 현관문을 열고 나를 집 안으로 잡아끌었다.

그 지역에 살면서 비슷한 일이 몇 번 더 있었다. 한 번은 지하철역에서 내려서 걸어오는 길에 발생했다. 집에 가기 위해서는 사람이 많은 번화가지만 더 많이 걸어야 하는 1번 역과 어두운 길이지만 비교적 빨리 집에 올 수 있는 2번 역 가운데 하나를 선택할 수 있었다. 그날은 2번을 택했다.

술집 몇 군데가 모여있는 지역을 지날 때만 해도 그렇게까지 이상한 느낌은 아니었는데, 사람이 드문 지역으로 가자 확연히 이상한 기분이 들었다. 뒤에서 계속 같은 남자가 (이번엔 젊은 남자) 나를 쳐다보고 따라오고 있었기 때문이다. 번화가를 벗어나는 게 무서워서 나는 괜히 편의점엘 들어갔다. 이것저것 물건을 고르고 나와서 다시 집으로 가는데 어디서 나타났는지 또 그 남자가, 이번엔 길 건너편에서 날 보며 걷고 있었다. 나는 다시 집과 다른 방향으로, 그렇지만 사람이 많고 문을 연 가게도 많은 곳으로 발걸음을 옮겼다. 30~40분쯤 그 사람을 떼어놓기 위해 계속 걸었던 것 같다.

또 어떤 날은 코인 세탁소에서 빨래를 하고 있는데 신발도 신지 않고 민소매에 다 떨어진 반바지를 입은 할아버지가 들어와 말을 건 일도 있었다. 나는 그가 건너편 방석집 쪽에서부터 도로를 무단횡단해 걸어오는 걸 보고 있었다. '설마 여기론 안 오겠지' 생각하기가 무섭게 그가 코인 빨래방의 문을 열고 들어왔다. 불행하게도 가게 안에는 나밖에 없었다.

그는 내게 "여기가 어디냐"고 물었고, 나는 "빨래방"이라고 답했다. 그는 내게 더 가까이 다가와 잠시 나를 빤히 봤다. 그러면서 "아니, 무슨 동네냐고"라고 물었다. 머릿속으론 이 사람이 갑자기 달려들면 어떻게 도망가야 할지를 생각하면서 나는 "OO동"이라고 답했다. 그는 "OO동이구나"를 몇 번 중얼거리다 밖으로 나가 다시 맨발로 도로를 건넜다.

내 뒤를 따라온 노인이 집 마당에까지 들어왔던 날, 나는 경찰서에 전화를 걸었다. 엄밀히 말하면 이것도 내가 정신이 없어 하는 와중에 같이 살던 언니가 걸어준 것이다.
이윽고 젊은 남성 경찰과 중년의 남성 경찰 두 명이 왔다. 젊은 남경은 조금 떨어져 주위를 살피고 있었고, 중년의 남경은 내게 상황과 그 사람의 인상착의 같은 것을 몇 가지 물었다. 그리곤 그가 말했다.

"진짜 미안하지만 이런 동네에서는 이렇게(짧은 원피스) 입고 다니면 또 이런 일이 발생할 수 있어요…"

나중에 이 이야기를 들은 내 친구는 화를 냈다. 범죄의 책임을 나, 그리고 나의 옷에 떠넘기면 안 된다는 것이다. 물론 그 친구의 말이 맞다. 내가 어떤 옷을 입고 다녔다는 것은 범죄를 합리화하는 수단이 될 수 없다. 그런데 그때 나는 그 경찰의 말에 화가

나지도, 그가 밉지도 않았다. 옳지 않은 이야기를 한다는 건 알았지만, 그것으로 화를 내기에 그 경찰의 눈은 너무 진심이었기 때문이다. 그의 눈은 마치 "지금 이 세상은 당신과 내가 바라는 모습이 아니다. 미안하다"고 하는 것 같았다. 그는 자신에게도 딸이 있다고 했다.

결국 범인은 잡히지 않았다. CCTV가 없었던 모양인지 내가 용의자의 얼굴을 보고 특정하지 않으면 잡기가 어렵다는 설명이었다. 새벽에 경찰에서 "인상착의가 비슷한 남자를 찾았는데 혹시 얼굴을 보면 알아볼 수 있겠느냐"는 전화가 왔는데, 안타깝게도 난 그의 얼굴을 자세히 뜯어본 게 아니라 기억나는 건 바지 색 정도였다. "제대로 못 알아볼 것 같다"고 했고, 경찰관은 "미안하다"고 했다. 범인을 잡으러 와서 피해자의 옷 단속을 해야 하는 세상. 딸이 있다는 그 남경도 자괴감이 들었을 거라고 나는 생각했다.

당신에겐 오락 영화 나에게는 공포 영화

영화 'VIP'를 봤다. 리뷰 때문에 어쩔 수 없이 본 것이다. 사실 나는 이런 종류의 스릴러물을 별로 좋아하지 않는다.

'VIP'는 국정원과 CIA의 기획으로 북에서 온 VIP인 김광일(이종석)이 살인사건의 유력한 용의자로 지목되면서 벌어지는 이야기를 담은 작품이다. 김광일을 잡으려는 자와 그를 감싸주려는 자 사이의 대립과 폭주 기관차 같은 김광일의 악행 릴레이가 영화에서 긴장감을 자아내는 주된 요인이 될 전망이었다. 앞서도 남성들이 떼로 등장하는 스릴러 영화 '신세계'로 흥한 박훈정 감독이 각본을 쓰고 직접 연출했다.

이 영화는 140만이 채 못 되는 누적 관객수를 기록하며 아쉬움을 맛봐야 했다. 누적 관객수 500만에 육박했던 '신세계'와 비교하면 박훈정 감독으로서는 아쉬울 만한 수치다. 그러나 개인적으로는 어느 정도 예견된 결과였다고 생각한다.

영화를 리뷰할 목적은 아니지만, 개인적으로 느끼기에 'VIP'는 공들여 묘사해야 할 부분과 적절히 생략하고 넘어가야 할 장면 사이의 균형이 맞지 않는 작품이었다. "죽여도 시원치 않을 놈"이라는 욕이 절로 나오는 악인(惡人) 김광일이 추격당하고 끝내 몰락하는 과정에 할애했어야 할 러닝타임을 대부분 김광일이 저지르는 끔찍한 범죄를 묘사하는 데 사용했기 때문이다. 특히 여성을 대상으로 한 극악무도한 범죄 장면에 대한 지나치게 촘촘한 묘사는 잔혹함의 단순 전시라는 차원을 넘어 한층 더 구역질 나는 기분을 느끼게 했다. 한 피해 여성이 김광일 일행에게 붙잡히기 전 꽃을 따는 장면은 이 영화가 여성을 어떻게 바라보고 있는가를 단적으로 보여준다.

이러한 문제점은 비단 'VIP'에만 있는 게 아니다. 남성들이 중심이 된, 남성 영화감독들이 연출한 숱한 작품들에서 비슷한 문제는 꾸준히 발견된다. '엄마'나 '창녀'가 아닌 여성 캐릭터가 단 한 명도 등장하지 않는 작품부터 여성을 도구적으로만 활용하는 작품까지 영화나 드라마 속 여성혐오적인 요소들은 하나하나 꼽기도 어렵다. 다행히 이제 사회에서는 조금씩 여성을 이렇게 함부로 취급하는 작품들은 보고 싶지 않다는 목소리가 나오고 있다. 'VIP'가 받아 든 흥행성적표는 이 같은 사회 분위기 변화를 반영한 결과물이라고 본다.

하나 간곡하게 전하고 싶은 게 있다. 이런 영화는 나에겐, 그리고 범죄에 대한 위협을 늘 피부로 느끼고 사는 많은 여성에겐 '오락 영화'가 될 수 없다는 사실이다. 단순히 심장을 옥죄는 것 같은 스릴러 장르를 싫어하는 게 아니다. 여성만 강간당하고, 여성만 처참하게 살해당하고, 여성만 강간당한 뒤에 살해당하고, 여성만 신체가 노출되고 훼손되는 장면들이 연이어 등장하는 작품을 한 시간, 두 시간이고 앉아 재미있다며 볼 만큼 태평하지 않은 것이다.
이러한 영화들은 영화관 밖의 세상과 연결돼 있다. 단순히 극장 안에서 스릴을 느끼는 것으로 끝나지 않는다는 의미다. 영화 속에서 여성이 잔혹한 범죄를 당하는 장면을 보고 나오면, 세상엔 나 같은 여성을 타깃으로 삼은 범죄자가 수도 없이 많다는 사실과 직면해야 한다. 그것은 아마 내가 여성으로 살아있는 동안에는 끝나지 않을 공포일 것이다.

남성과 여성은 분리돼 사는 생명체가 아니다. 우린 같은 세상을 공유한다. 여성들이 가족에게, 연인에게, 직장에서, 병원에서, 화장실에서 성희롱 · 성추행 · 성폭행 · 폭행 · 살해를 당했다는 기사는 하루가 멀다 하고 쏟아진다. 치안이 좋다고 유명한 대한민국에서 성범죄와 아동 대상 성범죄만큼은 계속해서 뚜렷한 증가세를 보인다. 자신들을 '꽃'처럼 취급하는 사회에서 여성들은 언제나 꺾일까 두려워한다.

기자로서 나는 원치 않아도 종종 'VIP' 같은 작품과 마주해야 한다. 만약 사회부 기자라면 여성을 대상으로 한 범죄 현장에서 피해자와 가해자의 목소리를 들어야 할 테고, 또 어떤 여성들은 경찰, 검사, 변호사, 판사로서 여성을 대상으로 한 수많은 강력범죄

사건들을 처리해야 할 것이다. 이 외에도 수많은 직업군의 수많은 여성들이 가지각색 이유로 여성의 범죄 피해 사실을 보고, 들으며 불안감을 느낄 것이다. 사람들이 여가 시간에 즐기는 대중문화 콘텐츠들이 이런 공포를 확대하고 재생산하는 데 기여하는 것은 이제 그만 보고 싶다. 세상의 절반에 대한 배려가 진심으로 절박하게 필요하다.

당신은 우주의 중심이 아니랍니다

왜 이렇게 세상에는 잘못을 해놓고 부끄러운 줄도 모르고 큰소리치는 아저씨들이 많을까. “내 돈 내고 술 마시면서 하고 싶은 이야기도 못 하느냐”며 고래고래 소리를 지르던 인간, 많은 사람들이 이용하는 지하철에서 가래침을 툭툭 뱉다 지적을 하니 “지하철이 네 거냐”고 당당하게 따져 묻던 인간, 팔꿈치로 눈을 가격해놓고 미안하다 소리 하기 싫어서 “내가 친 게 아니라 네가 와서 박은 거”라고 우기던 인간. 진짜 하나하나 꼽기가 어려울 정도다.

사람이 가정이나 사회 등 어떤 집단에서 우월한 위치에 놓이게 되면 (혹은 그렇다고 생각하게 되면) 묘하게 자기중심적으로 변하는 게 있다. 예를 들어 만날 장소를 정할 때 꼭 자기 집, 혹은 자기 집 근처로 다른 사람들을 부른다거나 의견 차이가 있을 때

자연스럽게 목소리를 높여 자신의 의견을 관철시킨다거나 남에게 피해를 주고 있다는 걸 의식하지 않는 것 등이다.

경력 단절 등으로 여성들은 중년 이상이 되면 사회경제적 지위가 약해진다. 반면 대부분의 회사에서 과장, 부장, 이사의 절대다수는 남자다. 이것과 더불어 우리의 윗세대가 지나온 세상은 지금보다 훨씬 더 여성을 차별했던 시대이기에 아저씨들은 집안에서의 지위도 높다. 손에 물 한 방울 안 묻히고 아내나 딸이 차려준 밥을 먹는 걸 당연하게 생각하는 것만 봐도 그렇다. 이런 사회분위기는 아저씨들로 하여금 자신들이 전혀 목소리를 높일 만한 상황이 아닐 때도 당당해질 수 있는 무모한 용기를 갖게 하는 것 같다.

어느 날 지하철을 기다리고 있었다. 그 역은 환승이 되는 곳이라 늘 사람들이 많고 붐빈다. 운 좋게 사람들이 별로 없는 곳에 가서 줄을 섰다. 지하철이 전전역을 출발했다는 사인이 떴을 때쯤 중년과 노년의 경계에 있는 것으로 보이는 한 남성이 걸어왔다.

문화시민이라면 알겠지만 지하철역에서는 두 줄 서기를 해야 한다. 가운데는 내리는 사람을 위해 남겨두고 양 사이드에 서는 것이다. 혹시나 발생할 수 있는 사고와 부상을 예방하고 질서를 유지하려는 지침이다. 출, 퇴근 시간에는 간혹 두 줄이 아닌 네 줄 서기가 될 때도 있다.

그 남성은 공공질서가 뭔지 잘 모르는지 가운데다 산만한 짐을 내려놓더니 거기에 턱 섰다. 양옆에는 나와 다른 젊은 여성이 서 있었다. 나처럼 그 여성도 이 상황이 불편한지 그 남성을 계속 힐끔거렸다. 이건 아니다 싶은 생각에 그 남성에게 "여기 사람들이 줄을 서 있으니 뒤로 가서 서시라"고 했다. 그러자 그 남성은 "짐이 커서 여기에 둔 것"이라고 대답했다. 맥락이 없는 대답에 당황했지만 침착하려 했다.

"짐은 제가 있는 이쪽으로 와서 옆에 두시면 될 것 같아요. 뒤에 서세요."
"아 거기 두면 귀찮아. 여기 사람도 안 서 있는데 왜 난리야."
"가운데는 내리는 사람이 쓰는 곳이잖아요. 거기 서 계시면 사람들이 어떻게 내려요."
"아 이렇게 (나랑 짐을) 피해서 내리면 되잖아."
"저기요, 세상이 본인을 중심으로 돌아가나요?"
"뭐?"
"그렇잖아요. 왜 본인이 규칙을 어기면서 다른 사람에게 피해를 감수하라고 해요. 혼자 사는 세상 아니잖아요."

그는 기가 막힌다는 표정을 지었지만, 딱히 대답할 말이 생각나지 않는 듯 했다. 잠시 시간을 갖더니 고작 한다는 말이 "나는 이쪽(노약자석)으로 갈 거니까 너랑 상관없잖아"였다. 아마 그는 내가 앉을 자리가 없을까봐 걱정이 돼서 자신에게 그런 말을 했다고 여겼던 것 같다. 아니, 과정이 바로 서지 않았는데 결과가 무슨 소용이랴. 그가 새치기를 해서 내가 앉을 수도 있을 자리에 앉는다면 그것도 짜증이 나겠지만 기본적으로 자리가 있든 없든 내가 앉든 못 앉든 지킬 건 지켜야 하는 것 아니겠는가.

물론 이렇게 말해봤자 그는 알아듣지도 못했을 것이다. 그에게 중요한 건 남들보다 빨리 타서 자리에 앉는 것뿐이었을 테니. 자기가 그런 생각을 하고 있으니까 남도 그런 생각만 할 거라고 생각한 것이다. 한심하기 그지없지만 유치함에는 유치함으로 대응하는 게 편할 때가 있다. 나는 "내 앞 가로막지 말고, 나보다 절대 먼저 타지도 마세요 그럼"이라고 했다. 그가 "알겠다"고 대답한 게 웃음 포인트다.

곧 차가 도착했고 나는 또 운이 좋게 자리에 앉았다. 그도 노약자석에 자리를 잡은 모양이었다. 그런데, 아… 동년배들이 곁에 있다는 게 그에게 용기를 줬던 걸까. 그가 갑자기 허공에 대고 "저런 걸 낳고 미역국을 먹은 지 애미가 불쌍하다"고 소리를 쳤다. 누가 봐도 나에게 하는 말이었다.

사실 이런 레퍼토리는 익숙하다. 부모님, 특히 엄마를 소환해서 하는 욕. "너 몇 살이냐"는 호구조사가 시작되면 주변 사람들 눈이 모이고, 내가 거기에 대꾸를 하면 사람들은 "어른에게 그러면 못 쓴다"고 타박한다. 이렇게 되면 십중팔구 그 싸움은 이겨도 지는 싸움이 된다.

나는 체구가 작고 마른 데다 얼굴도 어리게 생겨서 이 사람, 저 사람에게 시비를 많이 털리는 편이다. 새치기도 자주 당하고 밀치고 지나가는 사람들도 많다. 이 탓에 점점 성격이 까칠해져서 시비를 그냥 넘기지 않고 자주 되받아쳐 싸움으로 키운다. 때문에 내가 질 수밖에 없는 이런 싸움에서 어떻게 해야 속 시원히 대거리를 할 수 있는지 나름의 노하우가 있다. 그건 상대는 물론 주변 사람들까지 놀라서 끼어들 엄두를 못 내게 만드는 것이다.

엄마 미역국 얘기까지 꺼냈으면 이미 그는 비겁한 싸움을 시작한 거다. 나이를 떠나 인간으로서 지켜야 할 예의를 저버린 것 역시 마찬가지다. 그래서 나는 더 이상 젠틀하게 대답을 하거나 못 들은 척 무시하거나 존대를 해 주지 않기로 했다.

"널 낳고 미역국 먹은 네 엄마보단 낫겠다 야."

나는 그를 쳐다보고 이렇게 똑바로 말했다. 순간 주변이 조용해졌다. 다음이 궁금한가? 그는 못 들은 척을 하며 정면을 응시했다. 그리고 아무 일도 없었다. 아마 그는 자신에게도 엄마가 있다는 걸, 그러니까 상대의 부모를 욕보이면 자신의 부모 역시 욕을 먹게 될 수 있음을 깨달았을 것이다.

나이는 누구나 먹는 것임에도 마치 나이 먹은 걸 벼슬처럼 아는 사람들이 있다. 장유유서 같은 유교적 질서 아래서 오래 살았기 때문인가 싶기도 하다. 하지만 사실 장유유서라는 건 가족 내에서 적용되는 윤리에 더 가깝고, 사회적으로 확장하더라도 분별없이 마구잡이로 행동하는 어른의 말을 닥치고 따라야 한다는 뜻은 절대 아니다. 공자도 칠십이 돼 서야 마음 가는 대로 따라도 법을 어기지 않았다고 했는데 공자의 발끝에도 미치지 못하는 인간들이 도대체 뭘 믿고 제멋대로 사는지 모를 일이다.

다시 한번 말하지만, 당신이 누구든, 어떤 성별이든 당신은 세상의 중심이 아니다.

경찰서로 가시죠

가끔 내가 만약 덩치가 크고 인상이 날카로운 남자라면 이런 똑같은 일을 겪었을까 싶을 때가 있다. 특히 버스, 지하철 같은 대중교통이나 택시를 탈 때 종종 그런 생각을 하곤 한다.

전주는 내가 사랑하는 도시다. 맛있는 음식도 많고 전통과 현대가 어우러진 느낌도 좋다. 1년마다 하는 영화제는 전주를 주기적으로 찾는 또 하나의 이유이기도 하다.

그날도 기분 좋게 전주에서 하루를 시작했다. 수도권을 벗어나면 대중교통 노선을 잘 모르기 때문에 택시를 타는 경우가 많다. 그때도 그랬다.

"OO으로 가주세요."

얼마나 지났을까. 택시 기사가 갑자기 부부싸움을 한 이야기를 털어놨다. 아내와 싸움을 해서 밥을 못 얻어먹었단다. 그전까지 기사는 내게 전주에서 꼭 가봐야 하는 식당들에 대해 이야기를 하고 있었다. 이야기가 어째 사적인 부분으로 흘러가는 것 같아 "그러시냐"고 하고 가는데 기사 입에서 믿을 수 없는 이야기가 나왔다.

"암탉이 울면 집안이 망한다는데 요새 여자들은 목소리가 너무 커서 큰일이야."

아니 이 기사는 지금 자기 택시에 탄 손님이 여자인 걸 모르는 건가, 아니면 알면서 내게도 경고(?)를 해주기 위해 이러는 건가. 기본적으로 돈 받고 승객을 태우는 기사가 그 손님에게 인신공격이 될 수 있는 말은 안 하는 게 맞는 것 아닐까.

오랜만에 전주에 왔다는 즐거운 기분을 망치고 싶지 않아 나는 "아이고, 아내 분께도 그렇게 말씀하셨어요?"라며 웃었고, 그는 "이런 말 하면 큰일 난다"(아니 그럼 나한텐 왜 하나)고 하며 방향이 잘못된 하소연을 늘어놨다.

이 일은 다음에 벌어진 일과 비교하면 아주 양반격이다. 또 다른 전주 방문 날, 친구와 나는 숙소를 예약하지 않고 영화제를 찾는 과감한 시도를 했다. '찜질방에서 자면 되지 뭐'라는 호기로움은 1박 만에 사라졌다. '제발 어디라도 방이 있기를…'이라고 기도하며 우리는 주변에 있는 호텔, 모텔에 죄다 전화를 걸었다.

한참 전화를 돌린 끝에 방이 있다는 호텔을 하나 찾아냈다. 문제는 영화제를 하는 영화의 거리에서 호텔까지 거리가 좀 있다는 점과, 한창 성수기였기 때문에 호텔에서는 와서 요금을 다 지불하지 않으면 먼저 온 손님에게 방을 넘기겠다고 한 점이었다. 친구와 나는 "지금 당장 가겠다"고 한 뒤 택시를 잡아탔다.

대부분 전주에 오면 영화의 거리 인근에서 머물다 갔기 때문에 그 호텔까지 가는 길은 초행이었다. 기사에게 호텔 이름을 이야기하자 그는 "이름만 얘기하면 못 간다"고 했다. 친구는 재빨리 "주소를 알려드리겠다. 네비게이션에 치면 나올 것"이라며 주소를 들이밀었다.

기사는 주소를 내비게이션에 입력하지 않았다. 그 대신 친구가 건넨 주소를 가만히 들여다보더니 "거기 OO 근처 아니야?"라고 했다. 친구는 "저희가 초행이라 그렇게 말씀하셔도 어딘지 잘 모른다"면서 "주소를 보시고 가주시면 좋겠다"고 했다. 물론 무뚝뚝하기 그지없었던 그 기사에 비해 내 친구의 말투는 아주 공손하고 친절했다. 기사는 "그 근처 맞는 것 같구만, 뭘"이라고 하더니 차를 출발시켰다.

어째 별 탈 없이 잘 가는가 싶더니 기사가 다시 시비를 걸기 시작했다. "처음부터 OO 근처로 가 달라고 했으면 될 걸 이름만 띡 말하면 어떡해?" 그쯤에서 나는 이미 무척 화가 나 있었지만 친구를 보고 애써 참았다. 친구는 "그렇게 말씀 드렸으면 좋았을 걸 저희가 초행이라 길을 잘 몰라서요"라고 했다. 기사는 다시 "아 그니까 거기가 OO 있는 데라니까?"라고 했다.

내가 조금 더 친절했으면 좋았을지 모르겠지만 안타깝게도 내 인내심의 한계는 거기까지였다. 나 대신 친구가 계속 그 말 같지도 않은 말에 대꾸를 해 주는 꼴도 더 이상 볼 수 없었다.

"초행이라니까요. 기사님이 말씀하시는 OO이 어딘지 저희는 몰라요. 알지도 모르는 데를 어떻게 가 달라고 해요."
"뭐?"
"목적지 아셨으면 이제 그만 좀 가시죠."
"아니 그러니까 애초에 OO 근처로 가 달라고 하든가. 거기가 어디쯤이다 말을 했으면 됐잖아. 모텔 이름만 띡 말하면 내가 알아?"
"일단 호텔이고요. 이름 얘기하니까 모른다고 해서 주소까지 알려드렸잖아요. 내비 찍고 출발했으면 될 걸 가지고 거기가 여기네 저기네 하면 초행인 사람이 어떻게 알아요?"

기사는 더 할 말이 없는지 "너 내려. 나 너네 안 태워"라고 했다. 도로 한복판이었다. 나는 "반말 그만하고 가던 길 가시죠"라고 답했다. 기사는 "너 지금 어디다 대고 난리야"라고 언성을 높였고, 친구는 "죄송합니다. 기사님, 그냥 좀 가주세요"라고 이야기했다. 그 말에 더 화가 났다.

"죄송하긴 뭐가 죄송해. 너 당장 그 말 취소해."
"내려. 빨리."
"길 한복판에서 뭐 하는 짓이야? 당장 차 출발 안 시켜?"
"뭐? 너 지금 어디다 대고 반말이야. 내가 니 아빠뻘이야."
"우리 아빠가 너보다 훨씬 나이 많은데, 나 아빠한테도 존댓말 안 해. 한참 어린 게 어디서 존댓말 타령이야. 그리고 내가 분명히 말 놓지 말라고 했지?"

기사는 다시 차를 출발시켰고 "싸가지없는 년"이라며 욕을 시작했다. 나는 휴대전화를 들었고 "지금 당장 욕 안 멈추면 녹화해서 신고한다. 어디다 대고 손님한테 욕질이야?"라고 소리를 질렀다. 내 친구도 기사가 욕을 하기 시작하자 그만하라며 소리를 높였다. 자꾸 뒤를 돌아보는 기사에게 "앞을 보라"고 주의를 주기도 했다.

기사는 분이 안 풀렸는지 "야!!!!! 악!!!!"하며 소리를 질렀다. 나 역시 똑같이 "악!!!!!!"하고 소리를 질러줬다. 그는 "니네들 가만 안 둘 것"이라며 소리를 바락바락 질렀고, 내 친구는 "지금 손님을 협박하는 거냐. 마침 저 앞에 경찰서가 있으니 거기로 가자. 호텔 안 가도 된다"고 응수했다. "좋다. 경찰서로 가자"던 기사는 그 앞에 차를 세우지 않았다.

내가 "뭐 해? 경찰서에 차 안 대고"라고 하니 그는 "그냥 조용히 가자"고 했다. 내 친구는 "호텔 갈 필요 없다는 말 못 들으셨냐. 차 돌려서 경찰서로 가자. 아저씨가 먼저 욕하고 소리를 질렀고, 협박까지 했다. 그 증거 다 녹음해 놨다. 우리가 싸가지 없는 게 잘못인지 당신이 손님들에게 욕을 하고 협박을 한 게 더 잘못인지 경찰서 가서 명명백백히 밝혀 보자"고 강경하게 나갔다. 기사는 "알겠으니 그냥 좀 가자"고 했다. 어느새 어투가 바뀌어 있었다.

호텔에 도착할 때까지 아무도 말이 없었다. 호텔 앞에 우리를 내려준 뒤 기사는 "안녕히 가시라"고 했고, 친구는 "수고하세요"라며 영수증을 받았다. 문을 닫고 차가 출발하는 걸 본 순간 우리 둘의 입에서 동시에 "하…" 하고 한숨이 나왔다.

"난 이제 앞으로 전주는 못 올 것 같아."

친구는 정말 그 뒤로 전주를 찾지 않았고, 나는 전주에선 택시를 타지 않고 있다.

미래의 페미니스트(?) 택시 기사

택시에서 벌어졌던 일이다.

숙명여자대학교 근처에서 친구와 헤어진 이후다. 다음 일정에 늦을 것 같아 택시를 잡아탔다.

"왜 숙명여대는 있는데 숙명남대는 없어요?"

스케줄에 늦지 않을까에만 신경을 곤두세우고 있는데 택시 기사가 갑작스레 질문을 던졌다. 무슨 소린지도 이해가 안 돼서 "네?"라고 되물었더니 기사가 답했다.

"생각해 봐요 손님, 한국에 여대는 많은데 왜 남대는 없을까요."

나는 그냥 빨리 목적지에 다다르고 싶을 뿐이었다. 정말이지 택시 기사와 언쟁 같은 걸 하며 기력을 소모하고 싶지 않아 그냥 "네, 그러게요"라고 하곤 의도적으로 창밖으로 시선으로 돌렸다.

"외국에도 이런 여대 같은 게 있어요?"

기사는 끈질겼다.

"글쎄요, 잘 모르겠네요. 한 번 찾아보세요."
"없을 것 같은데… 손님도 못 들어 봤죠?"
"글쎄요, 찾아봐야 알겠네요."

택시 안에 잠시 침묵이 감돌았다. 이제 대화가 정리가 됐나 하는 찰나 택시 기사가 다시 침묵을 깼다.

"여자들은 이런 일에는 관심이 없나?"

확실히 마무리를 짓지 않으면 마무리가 되지 않을 것 같은 분위기였다. 그냥 대충 듣는 둥 마는 둥 하며 뭉개면 닥치겠지 생각했던 게 오산이었다. "하…" 한숨을 한 번 쉬고 입을 열었다.

"무슨 말씀이 하시고 싶은 거예요?"
"여자들은 맨날 차별받는다, 차별받는다 하잖아요. 그러면 여대만 있고 남대가 없는 것도 기분 나빠해야 되는 거 아닌가? 남자를 차별하는 건데, 이런 일에는 왜 아무 말도 안 해요?"

잠깐 기사와 백미러로 눈이 마주쳤다.

“이게 그렇게 중요한 일인 것 같으면 기사님이 좀 나서 보시지 그러세요?”
“뭐라고요?”
“지금 성차별과 관련한 문제가 사회에 산재해 있는데, 여대는 있는데 왜 남대는 없느냐 이게 그렇게 시급한 일인가요? 더불어서 제가 숙대에 다니지 않아서 학교 역사에 대해서 자세히는 모르지만 여대라는 것이 세워진 역사적인 배경을 이해하면 이게 남성을 차별한 거라는 말은 못 하실 텐데요. 여성 전문 교육 시설은 여성이 아주 오랜 시간 동안 교육 문제에서 소외당했다는 걸 보여주는 건데 뭐가 그렇게 마음에 안 드시는 거예요?”

좋았던 기분에 찬물을 끼얹은 데 대한 짜증, 성차별 문제에 대한 몰이해와 자신이 이해 부족이라는 것을 알지도 못 한 채 남에게 당당하게 시비를 거는 태도에 대한 참담함, 숙대 근처에서 택시를 탔다고 당연히 나를 숙대에 다니는 ‘여대생’으로 상정하고 만만하게 취급했다는 데 대한 어이없음 등 여러 감정이 속에서 범벅이 됐다.

“아니, 뭐 그렇게 말을 해요. 페미니스트니 뭐니 말이 많으니까 궁금해서 그런 건데.”

5분도 안 돼 다른 사람 기분을 망쳐 놓은 뒤 내뱉은 말은 지나치게 성의 없고 무책임했다. 어떤 사람들은, 정말 창피한 것도 모르는 것이다.

"앞으로는 궁금한 일이 생기면 좀 직접 찾아보세요."

그 택시 기사가 자신이 그렇게 지대한 관심을 갖고 있던 페미니즘에 대해 찾아봤기를. 다음번에는 잘못된 생각을 만만한 사람을 공격할 무기로 쓰지 않기를 바란다.

아빠

이런저런 남자들에 대해 이야기해왔지만 역시 이 남자만큼 어릴 때부터 집요하게 나를 괴롭혀온 사람은 없을 것이다. 아빠다. 아빠는 내가 너무 어릴 적에 집을 나갔기 때문에 사실 거의 기억도 없다. 기억도 나지 않는 사람에게 평생을 시달린다는 건 참 불쾌한 일이다.

엄마와 처음 만났을 당시만 해도 아빠는 직업이 불분명한 사람이었다고 한다. 그러다 결혼을 하고 가정을 꾸리자 처가댁 식구들의 도움을 받아 사업을 하나 했다. 그 사업이 퍽 잘됐던 모양이다.

이전까지 우리 세 식구는 단칸방에서 세 들어 살았다. 어릴 때 다른 사람들과 함께 지내는 다세대 주택 마당에서 뛰어놀던 기억,

가지고 놀 장난감이 없어서 똑같은 퍼즐만 몇 달, 몇 년을 가지고 놀았던 기억, 근방에 사는 누군가가 버린 '드래곤볼' 만화책을 주워다 거의 외울 때까지 봤던 기억이 있다. 그만큼 가난했다. 아마 우리에게 세를 줬던 사람은 엄마의 언니, 큰이모였던 것 같다.

사업을 시작할 때도 아빠는 예비군 훈련인지 민방위 훈련인지에 불참해 주민등록이 말소된 상태였다고 한다. 그래서 신용을 보증해 줄 만한 사람이 필요했고, 엄마의 동생, 막내 삼촌이 보증인이 돼 줬다고 들었다. 그러니까 아빠는 사업을 시작하기 전까지 퍽 처가 식구들에게 도움을 많이 얻었던 셈이다.

다 자라고 나서 이 사람, 저 사람에게 이야기를 들으면서 엄마와 아빠의 결혼생활이 아주 로맨틱하지는 않았단 걸 알게 됐다. 엄마는 아주 자존심이 세고 스스로 직관력이 좋다고 생각을 해서(아주 틀린 말은 아니지만) 어떤 상황이나 사람에 대해 쉽게 평가를 하고 그런 자기 생각이 옳다고 전적으로 믿는다. 그래서 한 번 어떤 의견을 가지면 다른 사람이 그걸 깨기가 쉽지 않다. 아마 이런 성격이 아빠에게도 어느 정도는 발현되지 않았을까 싶다. 하지만 엄마의 그런 면 때문에 아빠가 변했다거나 하는 것은 합당하지 않은 말이다. 아빠의 쓰레기 같은 짓에 대한 변명이, 그 피해자인 엄마가 될 수는 없는 것이다.

돈을 번 아빠는 밖으로 나돌기 시작했다. 한 번은 청담동인지 어딘지 술집 직원과 바람이 나서 엄마가 다른 식구 몇몇과 찾아간 적도 있다고 한다. 엄마 대신 다른 사람이 그 상대 여자에게 전화를 하기도 했다는 것 같다.

몇 안 되는 나의 아빠에 대한 기억에는 부부싸움이 있다. 엄마는 내 옆에 앉아 생선 가시를 발라주고 있었고, 아빠는 자기 밥을 묵묵히 먹고 있었다. 그러다 싸움이 붙은 모양이었는데, 아빠가 엄마에게 김치를 던졌고 엄마는 생선 가시를 던졌다. 그런 갈등이 이어지다 아빠는 결국 집을 나가버렸다.

집을 나간 뒤에도 아빠는 회사 직원과 바람이 났다는 것 같다. '미쓰리'라고 불리는 여자였다. 엄마 말로는 아빠는 우리에게 매달 쥐꼬리만큼의 생활비만 보냈다는데, 그러면서 자기는 회사 직원들을 모두 데리고 제주도니 세계 여행이니를 다니면서 희희낙락했던 모양이다. 그 여행에서 찍은 비디오를 집으로 보내 엄마가 분노했던 기억도 있다.

아빠는 내 아기스포츠단 입학, 졸업식에도, 초등학교 입학, 졸업식에도, 중학교 입학, 졸업식에도… 그러니까 집을 나간 이후 내가 겪은 모든 중요한 행사들에 단 한 번도 오지 않았다.

엄마는 내가 초등학교에 입학했을 무렵 소송을 통해 이혼했다.

가끔 아빠가 집으로 전화를 하긴 했었다. 1년에 한 번 정도. "엄마 말 잘 들어라" 같은 내용이었던 걸로 기억한다. 아빠에게 전화가 올 때면 나는 속도 없이 "피아노를 배웠다"며 종알종알 이런저런 이야기를 떠들었다. 아빠는 내가 피아노를 배운다고 하자 그때까지 가지고 있던 엄마 명의 카드로 피아노를 사서 집으로 보냈다. 참 잘난 아빠다.

그런 전화도 10살이 마지막이었다. 그 이후 소식을 받은 건 대학교 시절이다. 자취를 하던 나는 가끔씩 본가에 가곤 했는데, 하필 그 날 내게 어떤 서류가 송달됐다. 아빠가 기초생활수급자 지원금을 받으려고 하는데 내가 부양자이기 때문에 부양 능력이 없다는 걸 입증하고 서명을 해서 보내야 한다는 내용이었다.

사실 가끔 그런 생각을 했다. 아빠가 어디선가 열심히 일해서 돈을 많이 벌어서 나를 찾아올 거라는 기대. “그동안 미안했다”면서 용돈도 많이 주고 “네 엄마랑은 이혼했지만 네겐 계속 든든한 아빠가 되겠다”고 하는 꿈. 슬프게도 그런 실없는 꿈이 어떤 날은 날 지탱해주는 힘이었다. 학교는 계속 아빠의 직업을 물었고, 아빠의 발을 그려오는 숙제를 내 줬고, 편모, 편부 가정이 반에 몇 명이나 있는지를 조사했다. 그런 과정들은 지속적으로 어린 나의 마음에 상처를 내고 자신감을 떨어뜨렸다. 아빠가 언젠가 멋지게 돌아올 거라는 희망마저 없었다면 나는 몇 번이나 절망하고 상심했을 것이다.

아빠를 부양할 능력이 없다고 사인을 하던 날, 그 헛된 상상마저 모두 무너졌다. 아무리 이해하고 용서하려 해 봐도 아빠는 적어도 내게 그러면 안 됐다. 이혼한 뒤 그는 단 한 푼도 엄마에게 보내지 않았다. 바람을 피우고 매일 룸살롱에 다니며 수백만 원씩 쓰고, 해외를 돌아다니며 도박을 하고, 집을 멋대로 나가버리고, 이혼하는 그 순간까지 단 한 번도 법정에 나타나지 않은 아빠. 그는 남편으로서는 물론이고 아빠로서도 실패했다.

아빠가 돌아오길 기다리던 밤은 내게 실망을 가르쳐 줬고, 아빠의 부재는 아빠에게 사랑받는 아이들을 얼굴만으로 구분해 내는 능력(?)을 줬다. (그런 아이들은 얼굴에서 빛이 났다.) 또 아빠는 나와 엄마에게 가난을 안겨 줬고, 아이로서 당연히 내가 받았어야 할 사랑과 관심, 정성을 빼앗아갔다.

무책임하고, 가정의 불화를 해결하기 어려울 땐 쉽게 다른 여자를 찾고, 싸질러놓은 자식에 대해 평생 무관심으로 일관하는 것도 모자라 자기 기초생활수급자 지원금을 받는 데까지 이용한 남자. 아빠란 남자가 저런데 내가 다른 어떤 남자에게 무엇을 기대할 수 있을까.

집안일은 네가 해

내 남편은 아주 상냥하고 다정하다. 무엇보다 나를 아끼고 사랑해서 자신이 집에 있을 때는 내가 힘든 일 하게 두지 않는다. 꼭 힘쓰는 일뿐 아니라 사소한 일들도 자신이 직접 한다.

물론 나도 그를 많이 믿고 사랑한다. 남편은 나보다 5살이 어린데, 그래서 연애 때는 학생 신분이었다. 나는 그에게 내 신용카드를 줬다. 필요하면 쓰라고. 데이트 비용도 물론 거의 다 내가 냈다.

처음 만났을 때만 해도 그는 “남자는~”, “여자는~” 따위의 성이분법적인 말을 많이 했는데, 나는 되도록 그 말을 쓰지 말라고 주문했다. ‘걸스 캔 두 애니띵’. 여자가 무엇이든 할 수 있는 것처럼 남자 역시 마찬가지다. 어떤 속성을 특정 성별의 것으로 귀결시

키면 그로 인해 어떤 한계, 경계 같은 것이 만들어진다. 그런 경계는 차별로 이어질 위험이 높다. 성이 다르기 때문에 생기는 차이야 당연히 있겠지만 그렇지 않은 부분에서까지 성별을 따져 편견을 만들 필요는 없으니까.

남편은 이런 내 생각을 잘 받아들여 줬고, 그 덕에 우리는 꽤 젠더에 얽매이지 않는 생활을 하고 있다고 생각한다. 적어도 둘은 그렇다.

그보다 오래 사회생활을 하고 있는 나로서는 사랑하는 남편이 취직해야 한다는 부담으로 원치 않는 일을 선택하지 않길 바랐다. '내가 왜 이 일을 선택했나' 고민하고 후회하면서 괴로워하는 건 나 하나로 족하다. 적어도 그는 자신이 원하는 일을 하길 바랐다. 그리고 그는 다행히 대학교 4학년 무렵 자신이 원하는 일을 찾았고 순탄하게 취직했다.

그의 월급은 나보다 낮지만 퇴근 시간은 되려 늦다. (대신 출근 시간도 조금 늦은 편이다.) 그래서 내가 저녁을 차릴 일이 많다. 똑같이 일하고 돈도 더 많이 버는데 저녁상까지 차려야 해서 억울하냐고 묻는다면 그렇지 않다. 집안일은 처한 상황에 따라 유동적으로 나눠서 하면 되는 거지 어떤 절대적인 기준을 가지고 칼같이 나눌 일이 아니라고 생각하기 때문이다. 물론 현재로서는 경제적인 부분에서나 가사적인 부분에서나 남편보다 내가 더 많이 기여를 하고 있다고는 생각한다. 사실은 사실이니까.

나름대로는 합리적이고 너그러운 마음 씀씀이로 살고 있다고 생각하는데, 그럼에도 남들 눈엔 그렇지 않게 비친다는 걸 실감할 때가 있다. 살림을 하는 건 기본적으로 여자, 그러니까 '나'의 일이라고 가정하고 하는 발언들을 들을 때 그런 기분을 느낀다. 예를 들어 나는 가끔 일요일에 출근을 하는데, "퇴근하고 집에 가면 남편이 아마 저녁을 차려놓을 것"이라고 하면 "남편이 저녁을 차려?"라고 묻는다거나, "새댁인데 살림은 많이 늘었어?" 같은 말들을 들을 때가 있다. 이럴 땐 무척 황당하다. 심지어 그런 말을 하는 사람들은 내가 일을 하는 8년 차 직장인인 걸 대부분 알고 있기에 더 그렇다. 결혼했다고 회사를 그만둔 것도 아니고 일하는 시간을 줄인 것도 아닌데 새삼 살림이 늘 일이 뭐가 있으며, 부인이 출근했는데 집에서 노는 남편이 저녁을 차리는 게 뭐 그리 대수란 말인가.

남들 말이야 그냥 듣고 넘기면 된다고 하자. 그런데 가족들까지 이런 소리를 할 때면 진짜 화가 난다. 예를 들어 최근에 할아버지 산소에 간 일이 있다. 나와 남편은 사람들과 먹을 김밥을 사서 갔다. 그 자리에서 친척 어른들은 "김밥 진영이가 싼 거야?"라고 물었다. 집 안에 있는 사람은 남편과 나 둘인데, 왜 김밥은 (집에서 만든 것도 아니지만) 당연히 나 혼자 쌌을 거라고 생각하는 걸까.

심지어 엄마도 그렇다. 어느 날 엄마가 칼 세트를 선물 받았다면서 우리 부부에게 원하는 걸 주겠다고 했다. 나는 감자 깎는 칼을 골랐다. 남편이 칼질을 못 해서 하나 필요하겠다고 생각했기 때문이다.
나는 남편에게 "우리 집에 감자 깎는 칼 없지?"라고 물었다. 감자칼의 유무를 내가 모르는 건 당연했다. 7살부터 과일을 깎아온 나한테는 솔직히 필요 없다시피 한 물건이기 때문이다. 그런데 그 말을 들은 엄마는 내 팔을 탁하고 때렸다. “살림은 네가 해야지!”라는 타박이 뒤이었다.

뭐든 금방 배우고 잘하는 나는 어쩔 수 없이 살림도 잘하는 편이다. 자취를 10년 동안 했으니 남편 솜씨보다 나은 것도 당연하다. 그렇다고 해서 살림이 오롯이 내 몫이 되어야 하는 건 아니다.

남편은 날 사랑하고, 내가 독박 살림, 독박 육아를 하길 원하지 않는다. 나 역시 그가 원하지 않는 이상 가사를 전담시킬 생각이 없다. 또한 나는 그를 사랑하기 때문에 내가 없을 때도 밥과 과일을 잘 챙겨 먹길 바라고, 칼을 못 다뤄서 요리하다 손을 다치는 일이 없길 바란다. 그리고 무엇보다도 어디 나가서 “살림은 아내가 하는 게 당연하지”라며 바보처럼 으스대지 않기를 간절히 바란다. 우리는 앞으로도 서로의 상황에 맞게 배려하고 조율하면서 살아가고 싶다. 살림은 내 몫이 아니다. 남편과 내가 함께할 일이다.

헌팅, 수락은 나의 몫

대학교에 다닐 때 동아리 친구들과 MT를 갔다. 정확하게 말하면 우리는 그것을 TR이라고 불렀다. TR은 영어 단어 트레이닝(Training)의 줄임말인데, 학기 중에 1박 2일로 짧게 다녀오는 MT와 달리 TR은 2박 3일 이상으로 느긋하게 다녀왔다.

보통 그런 데 다닐 때는 청량리에서 만나 버스를 타는 게 일반적이었다. 하지만 짐 둘 곳도 마땅치 않고 다른 승객들 사이사이에 섞여 앉아 가는 버스가 나는 별로 좋지 않았다. 멀미를 심하게 하는 것도 버스에 타기 싫은 이유 가운데 하나였다.

그날은 그래서 청량리에서부터 아이들에게 기차를 타자고 졸랐다. 지금까지 아낄 만큼 아꼈으니 우리도 기차 타는 호사 한번 누려보자는 것이었다. 다행히 모든 아이들이 그러자고 해 줘서 정말 TV나 영화에서 봤던 것처럼 낭만적인(?) 기차 여행을 할 수 있게 됐다.

겨울 여행을 신나게 마치고 돌아오는 길, 역에서 기차를 기다리고 있었다. 기차는 배차 간격이 꽤 있기 때문에 우리는 역 안에서 각자 흩어져 시간을 보냈다. 사진을 찍는 아이들도 있었고 막간을 이용해 간식을 사 먹는 아이들도 있었다. 나는 평소 친하게 지내던 친구 하나와 기찻길을 따라 산책을 했다.

그때 한 남자가 우리 쪽으로 다가왔다. 우리 곁으로 쭈뼛쭈뼛 걸어온 그 남자는 내게 "죄송하지만 너무 예뻐서 그런데 번호를 좀 줄 수 있겠느냐"고 물었다. 사람도 별로 없는 한적한 기차역에서 맨정신으로 그런 제의를 받다니 신선해서 순간 뭐라고 대답을 해야 하나 벙쪄 있었다. 그 때 옆에 있던 친구가 크게 웃으며 "얘 남자 친구 있어요" 하곤 나를 끌고 우리 무리 쪽으로 뛰어갔다.

아직도 그때의 일이 생각나는 건 헌팅을 당한 게 재미있고 기분이 좋아서가 아니다. "얘 남자 친구 있어요"라는 대답이 지금까지 찜찜하게 남아 있어서다. 친구의 말은 틀리지 않았고, 그 남자에게 번호를 줄 생각도 없었지만 내가 그에게 번호를 주지 않은 이유는 남자 친구가 있기 때문이 아니다. 그 사람은 날 예쁘다고 생각했는지 몰라도 그 사람은 전혀 예쁘지가 않았다. 쌍방이 호감을 느껴야 최소한 썸이라도 생기는 것 아니겠는가.

그 이후로 지금까지 이런 비슷한 경험을 몇 번이나 했다. 누가 소개팅을 시켜준다고 하면 옆에 있는 다른 사람이 대신 "얘 만나는 사람 있어요" 대답해 주는 일, 분명히 질문은 내가 했는데도 상대가 내 남편을 보면서 답을 하는 일, 호텔이나 고급 레스토랑에 가면 돈을 내는 사람은 나인데도 시설 설명을 남편에게 하는 일 등등. 남자 친구, 남편이 있다는 이유만으로 나는 종종 내 의견을 무시 받고 남자의 부속물 취급을 받는다.

나는 남자의 원플러스원이 아닌 뚜렷한 취향과 가치관과 의견을 가진 한 명의 사람이다. 내가 헌팅남에게 번호를 주지 않는 이유는 내게 애인이 있기 때문이 아니라, 내가 애인을 사랑하고, 다른 사람을 만나고 싶은 생각이 없어서다.

피해의식이라고? 멋대로 생각하고 멋대로 부르라. 세상이 내게 "그건 피해의식"이라고 말할지라도, 나는 내 의견을 내가 생각하고 내 입으로 말할 것이다.

저질체력에 대한 변

그날의 일을 해내기 위해 필요한 에너지가 충분히 있다고 생각한 지 오래됐다. 어느 순간부터 해야 할 일을 하기 위해 겨우 몸을 움직이는 것이 일상이 됐다. 하나의 일을 다 마치고 다음으로 넘어가기 전에 충분한 휴식(특히 잠)이 필요해졌다. 집에 있는 날이면 시도 때도 없이 낮잠을 잤다.

이런 몸 상태를 해결해 보자고 결심한 건 최근이다. 자도 자도 피곤하고 빨래만 널어도 헉헉대는 몸이 확실히 정상은 아니라는 생각이 들었다. 어릴 때 곧잘 치곤 했던 배드민턴을 남편과 다시 치며 몸을 움직이는 것에 적응해갔고, 어느 날 서점에서 우연히 마라톤과 관련된 만화를 본 것을 계기로 마라톤에까지 뛰어들었다. 이제는 쉬거나 숨을 크게 헐떡이지 않고 10km 정도는 뛸 수 있는 체력이 됐지만(물론 아직 가야 할 길은 멀다), 여기까지 오는 길이 수월하지만은 않았다. 필라테스 레슨에 쏟아부은 돈만 족히 수 백만 원은 되고, 좋아하던 술을 자제하기 시작했다.

처음부터 이런 것은 아니다. 사실 태어났을 때만 해도 나는 3.1kg의 건강한 아이였다. 아기스포츠단 출신이라 수영, 기계체조, 리본체조 등 여러 스포츠를 두루 배웠고, 몇몇 운동들은 꽤 잘했다. 남자아이들과 함께 수영을 해도 1, 2등을 다툴 정도였다. 어린 시절 나는 성적표가 나올 때면 "성적은 어떨지 모르겠지만 건강은 양호합니다는 자신 있다"고 호언장담을 하곤 했다.

"진영이 같은 딸 하나 키우느니 차라리 남자아이 둘을 키우는 게 낫겠다"고 주변 어른들은 자주 엄마에게 말했다. 슈퍼맨 놀이를 한답시고 높은 곳에서 뛰어내리거나 소파에서 물구나무를 선 채 TV를 보는 건 내가 매일 같이하는 놀이였다. 이렇게 좋은 체력과 운동 능력을 바탕으로 놀이터에서도 '대장'을 도맡았다. 그냥 술래잡기나 숨바꼭질 같은 평범한 놀이만 했던 게 아니다. 평행봉을 오가고 봉을 오르고 철봉에 거꾸로 매달려 있는 등 다양한 신체 능력을 사용해야 하는 활동을 나는 특히 즐겼다. 초등학교 때 생긴 굳은살이 중학교 때까지도 계속 사라지지 않았을 정도니 얼마나 몸을 쓰는 일에 몰두했는지를 짐작할 수 있다.

다른 아이들이 대개 그렇듯 나의 놀이터 생활도 초등학교를 졸업하며 끝이 났다. 중학교에 올라가고 난 뒤로는 학교와 학원, 혹은 과외를 오가는 단조로운 생활이 이어졌다. 그나마 체육 시간이 신체적 강점을 발휘할 기회였는데, 그런 것도 오래가지 않았다.

내가 다닌 학교는 여자들만 다니는 중학교였다. 늘상 남자아이들하고 어울리고 지내다 여자아이들하고만 지내니 어색한 게 있었다. 다들 지독하게 체육에는 관심이 없다는 점이었다. 축구를 하는 날이면 다들 우르르 공만 쫓아다니기 바빴고, 오래달리기 같은 것을 하면 산책을 나온 듯 쉬엄쉬엄 걷는 친구들이 많았다. 그런 분위기에 나도 점점 젖어 들어갔다. 특히 2차 성징이 오고, 가슴이 발달하기 시작하면서 체육과 더 멀어지게 됐다. 몸을 움직이는 활동, 특히 줄넘기처럼 위아래로 뛰는 동작이 많은 운동을 할 때면 가슴이 흔들려 아팠다. 체육 선생님은 대개 남자였는데, 남자 선생님 앞에서 가슴 흔들리는 걸 보이기 싫어 잘할 수 있는 데도 소극적으로 굴었다. 이때도 그나마 배드민턴은 좋아했던 것 같다.

고등학교에 가고 난 뒤로는 그마저의 활동도 사라졌다. 체육 교사들이 수업 시간의 많은 부분을 자율학습 시간으로 내줬기 때문이다. 모의고사, 중간고사, 기말고사가 가까워지면 어김없이 체육 시간은 사라졌다. 그때 내가 하던 거의 유일한 신체 활동은 학교에서 학원까지 걷기 (등교는 버스를 타고 했다), 학원 끝나고 집까지 걷기, 그리고 시간이 비교적 여유로운 석식 시간에 저녁을 다 먹고 친구와 운동장을 슬슬 한, 두 바퀴 도는 것이었다.

초등학생 때는 그저 좋아서 뛰어놀았을 뿐, 아기스포츠단을 졸업한 이후로는 더 이상 누구도 내게 신체 활동을 강제하지 않았다. 강인하고 유연한 몸을 갖는 게 중요하다고 내게 말하는 사람은 내 주위에 단 한 명도 없었다. 심지어 체육 교사들도 운동의 중요성을 설명해 주지 않기는 마찬가지였다. 그저 수학 같은 과목처럼, 하지만 수학보다는 덜 중요하게 생각하며 그때그때 배우고 수행했을 뿐이다. 사람은 자신이 잘하는 걸 좋아하게 마련이다. 운동량이 줄고 몸이 약해질수록 점점 체육하고는 더 멀어졌다. 흥미가 떨어졌기 때문이다.

한 번 기가 확 죽은 일도 있었다. 초등학교 5학년쯤의 일이다. 그때까지만 해도 나는 반의 어떤 남자아이들과 비교해도 뒤지지 않을 만큼 힘과 체력이 좋았다. 자주 밖에서 뛰어놀다 보니 남자아이들과 물리적으로 싸우는 일도 생겼다.
그날도 그랬다. 전교에서 싸움을 잘하기로 소문이 난 남자아이가 있었다. 그 친구와 나는 방과 후 영어 수업을 함께 들었다. 무슨 일인지 선생님이 예상했던 시간에 교실에 들어오지 않았고, 애들과 떠들다 그 남자아이와 시비가 붙었던 것 같다. 몸싸움이 시작됐다.
그 남자아이가 내 양 주먹을 움켜쥐었을 때부터 힘의 차이를 느꼈다. 여태껏 누구와 맞붙어도 그 정도까지 힘의 차이를 느꼈던 적이 없었기에 나는 당황했다. 절대 이길 수 없는 싸움이란 생각이 들었다. 반면 그 아이의 얼굴에선 여유로운 미소가 흘렀다.

"나는 괜찮으니까 빨리 선생님 좀 불러와 줄래?"

내가 밀리는 걸 본 다른 여자아이들이 싸움을 말리며 괜찮으냐고 물어왔다. 괜찮지 않지만 괜찮은 척하며, 이 싸움을 말려 줄 수 있는 선생님의 도움을 기다렸다. 죽어도 졌다고 하기는 싫어서 필사적으로 주먹을 휘둘렀다.

그 아이의 주먹은 매서웠다. 날아오는 주먹을 손으로 막을 때마다 손가락이 저릿저릿했다. 필사적으로 버틴 끝에 선생님이 왔고, 싸움은 종료됐다.

"정진영 쟤 세다더니 별거 아니네."

그 아이는 다른 남자 친구들에게 웃으며 그렇게 말했다. 나는 수업 시간 내내 욱신거리는 손가락 통증을 느끼며 굴욕적인 기분을 씹어야 했다. 집에 돌아와서야 용기를 내 손바닥을 펴고 내 손을 자세히 들여다보았다. 오른쪽 가운뎃손가락과 네 번째 손가락이 마치 죽은 것처럼 통으로 검붉게 변해 있었다. 피멍이 든 것이다. 정말 버거웠구나 라는 생각, 그리고 더 이상 남자아이들과 힘으로 겨룰 수 없는 건가 하는 열패감에 눈물을 쏟았다. 뭔지 모르겠지만 억울하다고 생각했다.

그럴수록 더 힘을 키우고 단련했어야 하는데, 그러질 못 했다. "무슨 여자애가 이렇게 왈가닥이니","여자애답게 좀 차분하게 있어라"는 말을 주위 어른들로부터 듣고 있던 참이었다. 엄마는 나의 정신 사나움을 고칠 수 있을까 싶어 나를 서예 학원에 등록시켰다.

어차피 노력해도 힘으로 남자를 이길 수 있을 것 같진 않았다. 주변을 아무리 둘러 봐도 남자를 압도할만한 힘을 가진 여자는 없었다. "이렇게 살면 돼"라고 내게 말해 줄 만한 강한 여자 어른이 없었던 것이다. 아직도 이름이 기억나는 그 남자아이하고의 싸움은 그렇게 날 주눅 들게 만들었다. 더 이상 그런 굴욕감은 맛보고 싶지 않았다.

나의 저질체력에 대한 책임을 그 아이나 사회에 전가하려는 건 아니다. 하지만 많은 여자아이들이 타고난 유연성을 제대로 개발하지 못하고 자신의 신체 능력을 썩힌다는 것은 눈치채 주길 바란다. 건강한 신체에 건강한 정신이 깃든다는 말이 있듯이, 이 세상을 건강하게 살아가기 위해서는 체력이 반드시 뒷받침되어야 한다. 고등학교 3학년 시절, 나는 매일 같이 찾아오는 현기증과 씨름하며 얼른 이 기나긴 입시가 끝나기만을 빌었다. 계속 이렇게 살다가는 몸이 망가져 죽어버릴 것 같다는 생각을 진심으로 했었다. 그렇게 중요한 공부를 근성 있게 하기 위해서도 건강하고 단단한 몸은 꼭 필요하다.

필라테스 수업을 받으며 알게 된 사실이 있다. 남성은 살은 덜 찌고 근육은 잘 붙게 타고나지만 여성은 그렇지 않다. 가슴이 발달된 신체 특성상 여성은 남성보다 척추 후만, 라운드 숄더 등으로 고생하는 경우가 더 많다. '꼬부랑할매'라는 말은 있어도 '꼬부랑할배'는 어색한 이유가 이 때문이다. 그렇기에 여자는 오히려 더 근력 운동을 열심히 해야 한다. 남성은 여성보다 부족한 유연성을 개발하면 더 좋다.

아직도 많은 어른들이 여자아이들에게 조용히 놀 것을, 조신하기를, 운동보다는 공예나 요리 같은 집 안에서 할 수 있는 활동을 하기를 권한다. 이러한 강요는 여자아이들이 강해질 기회를 빼앗고, 신체 능력 면에서 늘 남자보다 뒤에 있게 만든다. 체육 시간을 불필요하거나 재미없는 시간으로 느끼게 하고, 결국 나이가 들어 척추든 무릎이든 어디 한 군데가 고장 나고 나서야 비싼 돈을 주고 운동을 배우게 만든다.

운동에 지나칠 만큼 몰입했던 나는 이런 분위기 속에서 아주 오랜 시간 내가 운동을 사랑했었다는 사실을 잊고 지내야 했다. 여자아이도 강해질 수 있다. 강해져도 괜찮다. 누군가 이 말을 내게 해줬더라면, 이렇게 약해져서야 몸을 돌보기 시작하며 후회하는 일은 없지 않았을까 싶다.

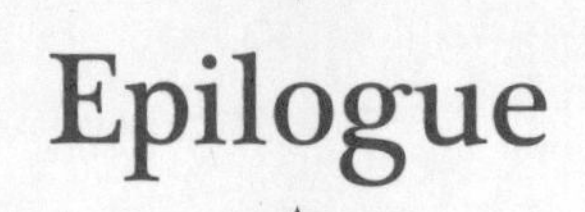

Epilogue

에필로그

내가 만났던 모든 남자들이 나빴던 건 아니다. 내 삶에는 분명 좋은 남자들이 많았고, 그들의 도움과 격려를 받아 힘을 낸 기억도 있다. 다만 내게 큰 정신적 외상을 남긴 많은 사건들, 특히 범죄들의 가해자는 모두 남자였다. 그런 사건이 쌓여 어느 지점에 다다랐을 때, 나는 더 이상 내가 예전처럼 세상을 바라보며 살 수 없게 됐다는 사실을 깨달았다.

내가 이 이야기들을 엮기로 결심한 건 내 삶에 있었던 모든 좋았던 남자들을 지우고자 함이 아니라는 걸 짚고 넘어가고 싶다. 오히려 내가 겪은 이 많은 불운하면서도 일상적이었던 일들 탓에 내게 좋은 기억을 줬던 남자들의 존재감이 때로 무척이나 옅어지곤 했다는 게 유감이다.

마무리를 위해 써두었던 원고들을 다시 읽으면서 또 몇 번이나 마음이 무거워졌다. 여러 경우들에서 내가 문제의 원인을 나에게서 찾으려 했다는 사실을 자각했기 때문이다. 쓸 때는 미처 몰랐는데 한 번에 써서 모아두고 나니 그 동안 내가 얼마나 자책하며 스스로를 괴롭혀왔는지가 선명히 보인다.

문제 상황이 발생했을 때 그 원인을 나에게서만 찾지 않고 상대의 탓이 아닐지를 생각해 보는 걸 피해의식이라 한다면, 나는 그냥 계속 피해의식 있는 사람으로 살아야 할 것 같다. 내가 가진 피해의식은 근거 없는 망상이 아니다. 그것은 분명한 피해 상황들의 반복에서 만들어진 것이다. 더 이상 내게만은 불운이 일어나지 않을 거라고 안심하다 신체적, 정신적 외상을 입는 일을 반복하고 싶지 않다.

책을 쓰기 시작한 지 1년 여가 지났다. 그 사이 또 많은 일들이 있었다. 수 만 명의 방조자들이 가담한 여성(특히 미성년 여성) 성착취 사건인 'N번방 사건'이 나라를 떠들썩하게 했고, 여러 인기 가수들이 성매매 알선, 음란물 제작 및 유포, 집단 성폭행 등의 혐의를 받고 연예계에서 퇴장했다. 어떤 인기 스타는 여성을 대상화하는 듯한 메신저 대화 내용이 유출돼 곤욕을 치렀고, 세계 최대의 아동 성착취물 유포 사이트를 운영한 남성이 고작 징역 1년 6개월의 형만을 살고 출소한 일도 있었다. 이 글을 쓰고 있는 오늘은 200만 명이 넘는 구독자를 보유한 한 유튜버가 1년 전 자신이 성폭행을 저질렀다는 의혹에 대해 술 핑계를 대며 부인한 일이 있었다. 참고로 말하자면 경찰은 이 사건을 기소의견으로 검찰에 넘겼다. 어쩔 때면 여성이 피해자, 남성이 가해자인 강력 범죄들이 쏟아지는 세상은 변할 기미를 보이지 않는 것 같아 슬퍼진다.

잘못을 바로잡는 일은 문제가 있음을 인정하는 것부터 시작한다. 대체로 그렇지만 잘못을 명백히 밝혀내고자 하는 건 피해자들이다. 가해자들은 쉬쉬하며 자신들의 잘못이 덮이기를 바란다. 그래서 피해를 호소하고 잘못된 일을 꼬집는 이들을 '예민하다'고 하며 피해망상에 사로잡힌 사람으로 몰고간다. 전형적인 입다물게 하기 수법이다. 이미 피해를 당한 사람이 이런 부당한 입막음 공격들로 다시 자기검열이라는 늪에 빠지는 건 너무 안타까운 일이다. 나의 작은 고백들이 차마 피해를 당했음에도 자신에게 쏟아질 공격이 무서워 입을 다물고 있는 이들에게 조금이라도 위안과 응원이 되기를 바란다.

언젠가 꾸밈이 오롯이 나의 선택에 의한 것이 되고, 살림을 부부가 나눠 하는 일이 당연하게 받아들여지고, 인중에 난 수염을 걱정하지 않아도 되는 날이 오면 좋겠다. 더불어 뒤이어 태어나는 후대들이 살 세상에서는, 여자에게 택시가, 공중화장실이, 학교와 학원이, 직장이, 집으로 가는 길이 두려운 곳이 아니게 되기를 간절히 바란다.

여자를 위한 수영은 없다

초판 1쇄 2020년 9월 25일

지은이 정진영
펴낸이 박현민
디자인 이용혁

펴낸곳 우주북스
등록 제2020-000093호
전화 02-6085-2020
팩스 0505-115-0083
전자우편 gato@woozoobooks.com
인스타그램 instagram.com/woozoobooks
홈페이지 www.woozoobooks.com

ISBN 979-11-967039-4-3

『이 도서의 국립중앙도서관 출판예정도서목록(CIP)은 서지정보유통지원시스템 홈페이지(http://seoji.nl.go.kr)와 국가자료종합목록 구축시스템(http://kolis-net.nl.go.kr)에서 이용하실 수 있습니다. (CIP제어번호 : CIP2020037336)』